KB057877

여백이

내 삶의 여백을 채워준 고양이 여백이 이야기

봉현 쓰고 찍고 그리다

난다

목차

프롤로그

사람은 외롭다. 나 또한 아주 오랫동안 외로움을 견디지 못해 스스로를 괴롭혀왔다. 점점 혼자 사는 것에 익숙해졌고 혼자 견뎌내는 삶이 당연하다고 생각하게 되었다. 그러나 삶에는 때로 계획과는 무관한 것들이 찾아온다. 고양이를 키우게 된 것도 그런 일이었다.

동물과 함께 산다는 것이 큰 책임감이 따르는 일임을 잘 알고 있다. 다른 생명을 책임지기에 나는 아주 부족했다. 마음의 준비도 되어 있지 않았고, 금전적인 여유도 없었다. 내 한 몸 책임지기도 어려운데 다른 생명을 보듬을 여유 따윈 없었다.

하지만 서른을 한 해 남긴 스물아홉의 시작쯤에, 아기 고양이 한 마리가 나에게 불쑥 찾아왔다. 그전까지 고양이라는 동물에 대해 잘 알지도 못했고, 고양이와 함께 산다는 것이 어떤 일인지도 몰랐다. 이 작은 생명체가 내 인생을 크게 바꾸어놓을 거라고는 전혀 알지 못했다.

처음에는 낯설고 두려웠다. 그러나 시간이 지나면서 조금씩 익숙해져갔다. 고양이의 애교에 미소를 지었고, 몸 한쪽을 기대는 온기에 나른한 잠을 잤으며, 토닥토닥 집안을 돌아다니는 작은 생명체에게 자꾸만 눈길이 갔다. 새근새근 내쉬는 숨소리에 행복해졌다. 말을 걸었고, 이야기를 나누었다. 바쁜 하루를 보낼 때면 나를 기다리는 고양이가 있는 집이 그리워졌다.

나의 고양이는 작고, 약하고, 사랑스럽다. 자신의 연약함을 숨기지 않고 최선을 다해 나를 사랑한다. 자신의 생을 다해 매 순간 빠짐없이 곁에 있어준다. 언제나 여유롭고, 따스하며, 사랑을 표현할 줄 안다. 나는 이 사랑스러운 존재가 나에게 주는 막연한 사랑을 어떻게 보답해야 할지 모르겠다. 밥을 주고 화장실을 치워주고 쓰다듬어주는 것만으로는 소중히 여기는 내 마음을 다 전할 수가 없다.

외롭게 자신만을 지켜오던 사람이, 자신을 사랑해주는 존재를 마주하고 마음을 전하려면 용기가 필요하다. 하지만 사람의 인생은 긴 듯 짧아서 우리가 함께할 수 있는 시간이 얼마나 남았는지 가늠할 수 없기에, 내 옆에서 몸을 동그랗게 말고 곤히 잠들어 있는 저 작고 소중한 생명과 함께하는, 너와 내가 함께하는 이 반짝이는 삶의 순간을 이렇게나마 작은 기록으로 남기고 싶다.

사람의 언어를 모르는 고양이에게 사랑한다는 말을 온전히 전할 수는 없겠지만, 어쩌면 너로 인해 기나긴 외로움을 덜어낸 지금의 나를 위해서일지도 모르겠다. 너로 인한 행복을, 너를 향한 소중한 마음을, 감히 사랑이라 정의하고픈 이 쑥스럽고 벅찬 마음을 남기려 한다. 내가 느낀, 고양이와 함께 삶으로써 채워지는 소중한 삶의 이야기들은 이 땅에서 또다른 생명과 어울려 살아가는 사람이라면 누구나 이해할 것이다.

모두가 외로움을 알기에, 모두가 함께 살아가는 이 세상에 따스한 한 권의 온기를 맞대고 싶다.

2015년 봄

서울, 내 방에서

◇

18년 전, 한 살로 추정되는 개 한 마리가 아빠 뒤를 쫓아왔다. 어릴 적부터 강아지나 고양이를 키우고 싶다고 졸라왔지만 엄마는 알레르기와 청소 등등의 이유로 강하게 반대하셨다. 나는 반항심 반 호기심 반으로 분홍색으로 털이 물든 병아리를 사오기도 했고 길에서 강아지 먹이를 준다며 몇 시간씩 집에 늦게 오기도 했다. 병아리는 일주일 만에 죽었고, 나는 엉엉 울고서도 금방 잊은 채 또다시 병아리를 사오곤 했다. 당시에 '다마고치'라는 게 유행을 했는데, 알 모양의 작은 기계 속에 애완동물을 키우는 게임기 같은 것이었다. 반 아이들 대부분이 다마고치를 키우며 똥을 치워주고 먹이를 주고 쓰다듬었다. 만 원을 훌쩍 넘기던, 그 당시로는 매우 비싼 게임기였다. 엄마한테 사달라고 졸랐지만, 이마저도 안 된다고 하셨다. 엄마가 그랬다. "게임이든 뭐든 쉽게 키우고 죽이고 그러는 거 아니다." 나는 게임마저도 못하게 하는 엄마가 야속해서 엉엉 울면서 떼를 썼고, 결국 아빠가 엄마 몰래 문방구에서 사다준 다마고치를 손에 쥐고서야 웃을 수 있었다.

그렇게 어렵게 얻은 다마고치였는데 정작 나는 게임에 소질이 없었다. 게임기 알에서 태어난 병아리는 닭이 되지도 못하고 번번이 죽었다. 아마도 나는 병아리를 두 마리, 다마고치를 다섯 마리쯤 죽였던 것 같다. 그땐 그게 정말 게임이라고 생각했는지도 모르겠다. 죽으면 다시 사서 키우면 되는, 어리고 작은 것이 그저 예쁘고 귀여운, 어린아이의 호기심. 아마도 병아리가 무럭무럭 잘 커서 닭이 되었으면 나는 쳐다보지도 않았을지 모른다.

아빠의 뒤를 쫓아온 강아지는 품종이 딱히 없는 똥개였고, 그리 작지도 않았으며, 꼬질꼬질하고 소심했다. 학교에 갔다 집에 오니 강아지가 있어서 나는 소리를 지르며 기뻐했고, 외출했다 돌아오신 엄마는 다시 내보내지 않으면 내가 집을 나가겠다며 화를 내셨다. 하지만 엄마도 차마 내다버릴 수가 없었는지, 일주일만 데리고 있다가 강아지를 키워줄 사람을 찾아보기로 합의를 봤다. 그날 밤 나는 마음이 설레 잠을 잘 수가 없었다. 아침에 일어나니 집에 강아지가 있었고, 학교에 갔다 오면 강아지가 반겨주었고, 잘 때는 강아지가 내 근처에서 잠이 들었다.

그렇게, 17년을 함께했다. 진학을 위해 서울로 혼자 올라와 사느라, 나중 8년은 바로 옆에서 함께하지는 못했지만 10년 정도를 함께 자랐다. 키우지 않으려고 강아지야 강아지야 하다가 이름이 아지가 됐다. 처음엔 내보내지 않으면 내가 집을 나가겠다며 완강히 반대하던 엄마는 밥을 챙겨주고 화장실을 가려주며 아지와 가장 많이 정이 들었고, 아지도 그 누구보다 엄마를 잘 따랐다. 한 살배기 활발한 아지는 외동딸뿐인 우리 가족의 귀염둥이였고, 집에서는 언제나 사박사박 발자국 소리가 들렸다. 얌전하고, 따뜻하고, 사랑스러운 아지는 17년 동안 우리 집 어느 곳엔가 늘 존재했다.

갑작스레 새벽 기차를 타고 집으로 내려간 어느 겨울이었다. 아지가 너무 낯설고 무서웠다. 얼굴이 일그러져 눈과 귀에서 고름이 흐르고 이상한 냄새가 났다. 몸이 말라 뼈가 다 드러나 보였고 앞을 보지 못해 손길이 닿으면 깜짝깜짝 놀랐다. 사람 나이로 백 살이 넘는 아지였다. 나는 멍하니 앉아 있는 아지를 앞에 두고 하염없이 펑펑 울었다. 밤새도록 울고 울었다.

엄마의 우울증과 지병으로 가족 모두가 힘들었던 시기였다. 결국 엄마는 입원을 하셨고, 집에는 아지 혼자였다. 사람과 오래 살아온 개들은 죽는 모습을 주인에게 보이지 않으려 몰래 집을 떠난다고 한다. 하지만 집은 아파트였고, 베란다 작은 개집에서 아지는 죽은 듯 아닌 듯 그렇게 계속 존재했다. 먹지도 마시지도 움직이지도 않고, 아주 옅은 숨만을 쉬고 있었다. 불과 두 달 만에 일어난 변화였다.

엄마가 병원에 계시는 동안 아빠와 나는 아지를 병원으로 데려갔다. 안락사를 시키고 화장을 했다. 마음이 여린 엄마는 차마 감당할 수 없는 일이었을 것이다. 아빠와 나는 담담하게 아지를 떠나보냈고, 오래 잘 살았다며 다독였다. 한 달 정도는 하늘만 보면 눈물이 났다.(아직도 생각만 하면 코끝이 빨개지는 건 어쩔 수가 없다.) 아빠는 혼자 소주를 드셨고, 아지의 안부를 묻는 엄마의 전화에 나는 차마 이야기를 할 수 없어 집에 잘 있노라 거짓말을 했다.

나중에 사실을 알게 된 엄마는 눈물을 뚝뚝 흘리면서 말씀하셨다. "그래서 내가 처음에 키우지 말자고 했잖니. 불쌍해서 어떡하니 내 새끼." 엄마는 어린 시절, 생명을 철없이 생각하던 나에게 가르침을 주셨다. 게임기 안의 병아리가 죽어도 금방 리셋해서 살릴 수 있는 것처럼, 실제의 생명은 그럴 수 있는 게 아니라는 걸 알려주고 싶으셨던 것이다. 아지는 죽었고, 게임기의 병아리처럼 다시 살릴 수는 없었다. 아지는 단 하나의 생명을 가진 내 동생이었고, 가족이었다. 엄마랑 나는 손을 맞잡고 두 번 다시 동물을 키우지 않겠다며 한참을 울었다.

아물지 않을 것만 같던 가족의 상처와 엄마의 병, 힘든 시간이 어느샌가 사그라져갔다. 엄마는 퇴원을 하셨고, 다시 식사를 하셨으며, 아빠와의 사이도 다시 돈독해졌다. 책 한 권을 낸 뒤 백수로 지내던 나는, 다시 일이 조금씩 들어와 갑자기 바빠지기 시작했다.

일주일씩 집밖을 나가지도 않고 집에서 자고 먹고 작업만 하는 시간이 계속됐다. 사람을 만나지도, 말을 하지도 않고 끼니도 대충 해치우며 틀어박혀 작업만 하다보니 점점 바보가 되는 기분이었다. 외로웠다. 밖에 나가 누구를 만나고 아니고의 문제가 아니었다. 혼자 사는 집이 죽어 있는 것같이 느껴졌다. 겨울이 유난히 추웠다. 아지의 사박사박하는 발소리가 들렸으면 좋겠다는 생각을 잠시 하다가 금방 눈물을 닦고 괜한 생각을 접었다.

그렇게 시간이 지나 봄을 준비하는 2014년 3월, 처음 보는 아기 고양이가 내 모자 속으로 쏙 들어왔다.

◇

한 달 전 어떤 분이 키우던 검은 고양이를 데려올 뻔했는데, 인연이 아니었는지 다른 분들의 둘째가 되었다. 잠시나마 괜한 생각을 했다, 라고 마음을 다잡고 평소와 다름없이 혼자 살았다. 일이 어느 정도 마무리되자 외로움도 덜어졌고 그럭저럭 예전처럼 잘 지냈다. 연남동 이웃 주민인 건축 작업실 '공간공방 미용실'의 두 마리 고양이가 아기 고양이 다섯을 낳았다는 소식을 들은 건 그 무렵이었다. 아기 고양이들이 젖을 뗐을 때쯤 작업실로 놀러가게 되었다.

도도하고 날씬한 아메리칸 쇼트 엄마 '요다'와 마치 하얀 호랑이 같은 무늬의 아빠 '쪼다' 사이에서 태어난 다섯 마리의 아기 고양이. 한 마리를 빼곤 모두 엄마를 닮아 갈색의 얼룩이였다. 네 마리 모두 정말 귀여웠다. 두 달 된 아기 고양이라는 생명체는 귀엽지 않기가 어려운 것이다. 그중에 가장 작고 움직임이 적은 고양이가 있었다. 얼룩무늬가 안 예뻤고, 다른 형제들에 비해 유난히 작고 마른 아이였다. 눈에는 눈곱이 덕지덕지 붙어 있었다. 막내일 줄 알았는데 첫째였다.

별명이 폭군 비슷한 것들이었을 정도로 다른 형제 고양이들이 활발했던 터라 이리저리 치여서 젖도 덜 먹고 화장실 가리기도 가장 뒤처진 아이였다. 늘 이 녀석만 멀찌감치 떨어져 소심하게 숨어 있었다. 그 고양이의 별명은 외계인이었다. 가장 못생기고 말랐다고.

그래도 작업실 오빠들이 가장 애착을 가진 녀석이었다. 작고 여려서 더 손이 가고 정이 들었다며 많이많이 사랑해줄 수 있을 사람에게 보내고 싶다고 했다. 손에 들어보니 너무나 가벼웠다. 무게는 거의 느껴지지 않는데 심장이 쿵쿵 뛰고 있었다. 눈에는 눈물이 그렁그렁했다. 무릎에 올려놓고 한참을 쓰다듬는데 갑자기 몸을 타고 올라오더니 내 목덜미에 올라탔다. 그때 나는 갈색 털이 달린 후드 재킷을 입고 있었는데, 그 아이가 그만 모자 안으로 쏙 들어가더니, 고개만 살짝 내밀고 잠이 든 것이 아닌가. 그 모습이 너무 귀여워서 다들 사진을 찍고 즐거워했다. 그런데 이 녀석이, 세 시간가량을 나오지 않고 모자 안에 들어앉아 있는 것이었다. 내가 화장실 다녀오느라 잠시 꺼내놓으면, 안절부절못하고 불안해하다가 내가 돌아오면 다시 모자 속으로 쏙 들어갔다. 다들 입을 모아 인연이라며 데려가지 않겠냐고 했다. 그러고 있는 아이를 나도 차마 떼어놓고 올 수가 없었다. 당장 필요한 사료와 모래를 얻어

가방에 욱여넣어지고, 아기 고양이를 목도리에 둘둘 감아 품에 안고 집으로 향했다.

걸어서 10분 정도의 가까운 거리가 얼마나 멀게 느껴졌는지, 아기 고양이는 품안에서 가릉가릉 울었고, 나는 걸음 내내 괜찮아, 미안해, 조금만 기다려, 얼른 가자, 미안해, 괜찮아, 괜찮아, 하면서 서둘렀다. 집에 오자마자 침대에 살며시 아기 고양이를 내려놓고, 난방을 켜고, 바닥을 닦았다. 모래를 박스에 담아 화장실을 준비하고 물과 사료 그릇을 준비하는 동안 아기 고양이는 침대에 내려준 그 모습 그대로 꼼짝 않고 있었다. 불안해 보였고 불쌍해 보였다. 나는 지은 죄 없이 너무나 미안했다. 씻는 둥 마는 둥 얼른 잘 준비를 하고 침대에 누워 고양이를 팔 아래로 끌어안았다. 콩닥콩닥 심장 소리가 조금씩 느려지더니, 금세 깊이 잠이 들었다. 아기 고양이와의 첫날밤이었다.

새벽 내내 걱정이 되어 잠을 설쳤다. 깜짝 놀라 잠에서 깨어보니, 아기 고양이는 어느새 침대 아래로 내려가 살금살금 돌아다니고 있었다. 내가 "고양아" 하고 부르자 한참을 쳐다보더니 아주 작게 '삐엑' 하고 소리를 냈다.

아, 나는 오늘부터 아기 고양이와 함께 사는구나!

◇

이른 시간부터 낯설고 작은 생명체가 나를 깨웠다. 평소 새벽 내내 글을 쓰고 그림을 그리다가 해가 뜨고 나서야 잠이 들곤 했다. 그런데 이 고양이가 아침부터 나를 비비고 건드렸다. 눈도 채 못 뜨고 일어나 물을 갈아주고 화장실을 치웠다. 낯선 곳에 온 고양이는 조심스레 집안을 돌아다녔다. 소파를 툭툭 건드리고 부엌을 슬슬 오갔다. 아기 고양이는 작고 말랐었다. 눈곱이 잔뜩 끼고 털은 부슬부슬했다. 어딘가 아프거나 병이 있는 것은 아닐까 걱정이 되었다. 그리고 잠을 굉장히 많이 잤다. 담요 속에서 잠을 잤고 무릎에 올라와 잠을 잤고 팔에 안겨 잠을 잤다. 자고 일어나면 밥을 먹고 물을 마시고 집안을 슬슬 돌아다니다 또 잠을 잤다.

어디가 아프면 어떡하지, 내가 이 아이의 평생을 책임져야 하는 건가. 잠자는 아기 고양이를 안고 생각했다. 이름을 지어주어야 했다. 이전에 강아지야 강아지야 하다가 아지라는 강아지를 키웠던 것처럼 고양이야 고양이야 하다가 양이라고 부를까 했는데 그건 아니다 싶었다. 너무 작고 어린 지금이라 아가야 아가야 해도, 나중에 할머니 고양이가 되고서도 아가야 아가야 할 순 없었으니까. 메이, 헨리, 마음이, 그냥 예쁘고 흔한 이름만 생각났다. 물론 고양이에게는 귀엽고 예쁜 이름이 어울린다. 그래도 이 고양이가 나의 가족이 되고 삶의 일부가 될 텐데, 아들딸 이름을 짓듯 제대로 된 이름으로 불러주고 싶었다.

내 책을 뒤적거려보았다. 나는 몇 년 전, 2년간 혼자 세계를 떠돌았었다. 그때 글을 쓰고 그림 그린 것들을 모아 작년에 책 한 권을 출간했다. 가난하고 외로웠던 그 당시 생각들과 고민, 경험했던 많은 이야기들이 담겨 있는 책이다. 여행할 때 만났던 친구들을 떠올렸다. 스테판, 야곱, 산티아고, 수리야, 실론 등등. 예쁜 이름은 그렇다 치고 이 고양이와 어울리는 이름이 아니었다. 베를린, 농장, 산티아고, 이집트를 차례로 읽다가, 시리아 수도원에 있을 당시에 쓴 글의 한 단어가 눈에 들어왔다.

> 말보다는 침묵이 가치롭다. 너무 많은 말을 했다는 생각이 들면 하루 정도 전혀 말을 하지 않고 지낸다. 말을 하지 않으면 생각이 깊어지고 행동에 조심스러워진다. 나의 많은 것을 성급히 이야기하지 않고, 사소한 것도 신중하게 받아들이려 한다. 말하기보다는 듣고, 보고, 느낀

다. 그런 여백을 두어야 나 자신을 바라볼 수 있다.

—『나는 아주, 예쁘게 웃었다』, 푸른지식, 2013, 197쪽

나는 가난한 여행자였다. 많은 걸 정리한 후 최소한의 돈만을 가지고 한국을 떠났고, 길거리에서 그림을 그리고 팔아 여행 경비를 벌었다. 외국 친구들이 내 그림을 보면 동양인 특유의 감성이 느껴진다며 그림에 '여백'이 많다고 했었다. 그림의 어느 부분에 빈 공간을 남김으로써 그림이 더 풍부해 보인다고 했다. 딱히 의도하진 않았지만, 나는 종종 여백이 있는 그림을 그렸던 것 같다. 그리고 내가 정말 아끼는 책 한 권, 헨리 데이비드 소로의 『월든』에도 이런 구절이 있다. 오래전부터 수첩에 적어두었던 글귀다.

> 나는 내 인생에 넓은 여백이 있기를 원한다. 여름날 아침에는 간혹, 해가 잘 드는 문지방에 앉아서 새벽부터 정오까지 한없이 공상에 잠기곤 했다. 그런 나의 주위에는 소나무, 호두나무와 옻나무가 무성하게 자라고 있었으며 그 누구도 방해하지 않는 고독과 정적이 사방에 펼쳐져 있었다. 오직 새들만이 곁에서 노래하거나 소리 없이 집안을 넘나들었다. (……) 나의 하루는 이교도 신의 이름을 붙인 한 주일의 어느 요일이 아니었으며 24시간으로 쪼개져 시계의 째깍째깍 하는 소리에 먹혀들어가는 그런 하루도 아니었다. 나는 푸리족 인디언처럼 살았다. 그들에 관해서는 이런 이야기가 있다. "이 사람들은 어제와 오늘과 내일을 나타내는 데에 한 가지 말밖에 없다. 그래서 어제를 의미할 때는 등뒤를 가리키고, 내일은 자기 앞을, 그리고 오늘은 머리 위를 가리켜서 뜻의 차이를 나타낸다."
> 나의 이런 생활이 마을 사람들에게는 철저하게 게으른 생활로 비쳤으리라. 그러나 새와 꽃들이 자기들의 기준으로 나를 심판했다면 나는 합격 판정을 받는 데 별 어려움이 없었을 것이다. 인간은 행동의 동기를 자신의 내부에서 찾아내지 않으면 안 된다. 자연의 하루는 매우 평온한 것이며 인간의 게으름을 꾸짖지 않는다.

여백이 있는 인생을 바란다면. 아, 여백이라는 이름은 어떨까. 고양이 여백이와 함께 살면 어떨까. 내 그림에도 여백이 있고, 내 글에도 여

백이 있고, 내 방안에도 여백이 있고, 내 삶에도 여백이 있다면.

삶을 살아가는 방식과 태도에 대해 말을 곱씹는 것이 나는 분명히 효과가 있다고 믿는다. 행복하다, 라고 되뇌면 조금 더 행복해지고 불행하다, 라고 되뇌면 그만큼 더 불행해지곤 했다. 괜찮다, 할 수 있다, 사랑한다, 같은 말에는 분명 큰 힘이 있다. 단순한 말 한마디라도, 그 말을 되뇌며 살면 그만큼 무언가 달라진다고 생각한다.

하루에도 수십 번을 여백아, 여백아, 하고 부르고 사랑한다면 내 삶에 여백이 있겠구나 하는 생각이 들었다. 그래서 이름 없던 아기 고양이는 세상에 단 하나뿐인 '여백이'가 되었고, 내 인생에는 여백이 생겼다.

◇

또다른 생명체와 함께 산다는 것은 아주 다른 날들의 시작이었다. 아침에 깨어보니 낯선 소리가 났고 낯선 움직임이 보였다. 때로는 나를 멀찍이서 보다가 어느새 가까이 다가와 옆에 가만히 앉곤 했다. 여백이는 아주 작았다. 두 달이 넘어 데려왔지만 또래의 다른 아기 고양이들보다 몸집도 작고 행동도 느렸다. 새끼 때 엄마 젖을 제대로 못 먹어 그런 것일까, 밥도 많이 먹지 못했다. 그리고 잠을 아주 많이 잤다. 자고 일어나면 천천히 집안을 돌아다녔다.

첫날은 급히 종이 박스에 모래를 부어 화장실을 만들고 플라스틱 그릇에 사료를 주었다. 얻어온 사료는 어른용이었다. 그래도 여백이는 아작아작 잘도 씹어 먹었다. 하지만 늘 조금밖에 먹지 않았다. 너무 딱딱한 것이 아닌가 걱정이 되어 인터넷에 검색해보았다. 우유에 불려줘야 하나 싶었는데 사람이 먹는 우유는 고양이가 소화를 시킬 수 없다고 했다. 어느 만화에서는 팩 우유를 길고양이들에게 먹이고 그러던데. 몰랐다면 배탈이 날 뻔했다. 아기 고양이용 사료를 찾아보았는데 종류가 다양했다. 종과 크기 등등에 따라 각각의 입맛이 까다로웠다. 강아지는 그런 것이 없었는데 마냥 잘 먹고 잘 놀았었는데 고양이는 어렵구나, 싶었다.

그러는 사이 다시 내 곁에 다가와 팔, 다리, 엉덩이 어디쯤을 내게 기대고 잠이 들었다. 조심스럽게 여백이를 안아들어 품에 뉘었다. 심장박동이, 숨소리가 매우 가빴다. 사람과는 다른 생체리듬. 하지만 마냥 아기 같은 건 어쩐 이유일까.

고양이 화장실과 사료 샘플 세 종류, 간식거리와 장난감을 샀다. 방 한쪽에 고양이 화장실이 생겼고, 그 옆에 물과 사료가 담긴 작은 사기 그릇이 놓였다. 무엇 하나 제대로 아는 것이 없어 시간이 걸렸다. 어떤 사료를 사야 하고, 어떤 장난감을 좋아할지, 어떤 브랜드의 것이 좋은지 하나하나 알아보아야 했다. 다행히 주위에는 고양이를 키우는 사람들이 많았다. 대학 친구 유미는 '까리'라는 치즈 태비(노란색 얼룩무늬 고양이)를 키우고 있었고, '피노키오 책방' 사장님은 '키오'와 '하트'를, '공간공방 미용실'의 '요다'와 '쪼다' '볼트'까지. 그 외에도 많았다. 이전엔 몰랐는데 주위에 고양이를 키우는 사람이 아주 많았다. 다들 고양이가 얼마나 멋진 존재인지 찬양했고, 다들 고양이를 키우는 것이 얼마나 힘든지 한탄했다. 하지만 고양이와 함께여서 행복해 보였다. 자식 자랑하듯 자신의 고양이를 예뻐했고 더불어 남의 고양이도 예뻐하고 걱정해주었다.

나는 고양이를 키우는 것이 어떤 일인지 잘 몰랐다. 책이나 영화에서, 사람들에게서 대충 들어 알고 있다고 생각했다. 이런 느낌, 이런 분위기겠지 짐작하는 정도. 하지만 정말로 고양이를 키워보니 모든 것이 처음 겪는 일이었다. 알아야 할 게 많았고, 조심해야 할 것도 많았고, 고양이의 마음을 알아가는 것도 필요했다. 이 녀석과 내가 앞으로 함께 어울려 한 공간에서 살아가야 하니까.

고양이와 함께 산다는 것, 생각보다 더 어렵고 귀찮다. 하지만 생각하지 못했던 만큼의 위안과 따뜻함을 얻는다. 돈과 노력이 드는 걸 감안하고도 키울 만큼 좋은 이유가 뭐냐고 물어본다면 글쎄, 아직은 답하지 못하겠다. 나는 아직 서툴고, 알아갈 시간이 필요하다. 그냥, 좋네요. 귀여워서요. 예쁘니까요. 그런 이유가 다일지도 모르겠다. 앞으로 여백이와 함께하는 동안 그 이유를 찾아보기로 했다. 여백이 있는 나의 시간은, 어떤 시간일지.

◇

혼자 하던 일상이 달라졌다.

◇

노트북을 켜놓고 작업을 하다보면 여백이는 꼭 키보드 위에 올라와 일을 못하게 한다. 여백아, 돈을 벌어야 너와 살 이 집의 월세와 너의 사료값을 낼 수 있단다.

◇

여백이의 장난감 몇 가지. 갈색의 천으로 된 공이 달린 낚싯대, 일본 여행에서 사온 고양이 장난감 '카샤카샤', 반짝반짝한 딸랑이 공. 그리고 세상 모든 고양이들이 좋아한다는 오뎅 꼬치.

◇

오래전 친구에게 선물 받은 악어 인형은 여백이의 좋은 친구가 되었다. 고양이와 생쥐, 고양이와 물고기는 흔하지만 악어와 고양이는 솔직히 좀 색다른 친구 관계랄까.

◇

무인양품에서 산 보드랍고 따스한 담요에 여백이는 너무나 잘 어울렸다. 처음에 키우고 싶은 고양이를 생각했을 때는 새까만 고양이, 회색의 러시안 블루 같은 고양이를 떠올렸는데 결국 인연이 된 고양이는 한 번도 생각해보지 않은 얼룩무늬의 아메리칸 쇼트헤어. 그러나 여백이는 우리집에 꼭 어울린다. 이불, 수건, 옷, 심지어 양말, 그리고 집에 있는 모든 소품과 패브릭들이 모두 마치 여백이와 맞춘 듯 비슷한 톤이다. 그래서인지 종종 고양이마저 나의 취향을 반영했다는 오해를 불러일으키곤 한다.

◇

방에 옷장 대신 행어를 놓고 천으로 가려두었는데 그 뒤는 여백이가 숨기에 딱 좋다. 발가락이 그대로 보이는 것을 아는지 모르는지, 숨었다가 우다다 달려와서 나를 놀래주고는 만족스럽다는 듯 유유히 다시 돌아간다. 잠복 수사는 실패다, 요 녀석!

◇

침대에 누워 책을 읽고 있으면 여백이는 오물쪼물 올라와 팔에 기댄 채로 꾸벅꾸벅 졸다가 결국은 배를 발라당 보인 채로 잠이 든다. 무방비 상태인 그 모습에, 나는 팔이 저려와도 움직이지 못한다. 너의 편안함을 위해 그 자세를 유지한다. 책을 읽지도, 움직이지도 못하다가 결국 나도 같이 잠이 들고 마는 나른한 저녁 시간.

◇

오래 외출하고 돌아오면 여백이는 방문 앞에서 다소곳이 앞발을 모으고 선 채 나를 반긴다. 그러곤 가방을 내려놓고 옷을 갈아입고 정리를 하는 내내 졸졸 따라다닌다. 망울망울한 눈을 하고 나를 빤히 바라본다. 이 아가를 놓아두고 나가는 것에 죄책감이 들게 하는 저 눈빛. 미안해, 여백아. 너 하루종일 심심했구나.

◇

하루하루가 다르게 여백이는 쑥쑥 자라고 하루하루만큼 나의 일상도 달라져간다.

◇

여백이를 데리고 집 근처 카페로 놀러갔다. 무서워하지도 않고 얌전히 품에 안겨 호기심 가득한 눈빛으로 여기저기를 살핀다. 너와 산책을 할 수 있다면 참 좋을 텐데. 바깥의 선선한 공기도 맡고, 바람에 흔들리는 나뭇잎 소리도 듣고, 다른 고양이들과 인사도 하며 길을 걸을 수 있다면 좋을 텐데 말이야. 고양이는 원래 그럴 수 없다고 하던데 너는 어떠니?

◇

외출하고 돌아오면 여백이는 나갈 때부터 계속 돌아오길 기다린 듯, 그 자리에서 그대로 나를 바라보고 있다. 품에 안고 "다녀왔어"라고 인사를 하고, 침대에 다시 내려놓는다. 청소를 하고, 빨래를 돌리고, 샤워를 하며 하루를 정리하는 동안에도 여백이는 계속 나를 바라보고 있다. 침대에 누운 내 배 위에 여백이도 눕는다. 여백이를 손가락으로 살살 쓰다듬으면 여백이의 눈이 감겨온다. 고롱고롱 소리와 함께 나도 잠이 든다. 아가야, 우리 아가야. 오늘도 우리 코 자자.

◇

좋은 사료를 먹어서인지 사랑을 듬뿍 받아서인지 처음의 부슬부슬한 털이 실크처럼 고와졌다. 사랑을 먹자. 사랑을 먹으면 더욱 예뻐진다. 더욱 행복해진다.

◇

좋아하는 사람에게는 예쁜 모습만 보여주고 싶은 마음이 어떤 존재에게든 똑같나보다. 늘 초롱초롱하고 청초한 눈빛으로 나의 마음을 두근거리게 하는 그 표정. 그런 여백이가 잠옷 위로 뒹굴며 놀다 순간 고양이 특유의 건방진 표정을 내보였을 때, 여백이는 언제 그랬냐는 듯, 다시 여느 때처럼 '난 아무것도 몰라요'라는 얼굴을 한다. 늘 예쁘지 않아도 된단다. 늘 착하지 않아도 된단다. 늘 웃지 않아도 괜찮아. 울어도, 슬퍼해도, 화를 내고 삐치고 투정을 부려도, 나는 네가 늘 사랑스럽단다.

◇

청소하다가 여백이 집을 발견했다. 고양이는 종이 상자를 좋아한다고 하는데 여백이는 크게 애착이 없었다. 그냥 건드려보고 들어갔다가 바로 다시 나오곤 했다. 그런데 투명한 비닐 가방 속에 쏙 들어가서는 나올 줄을 모른다. 그게 네 새로운 아지트니?

◇

구석지고 어두운 곳을 좋아한다. 이불 아래의 공간, 책상 뒤편, 창가 아래의 소파 그늘진 자리. 그리고 내 품속.

◇

고양이는 엄청나게 깨끗한 동물이다. 아가 때 어미가 가르쳐주는 것인지 본성으로 타고나는 것인지, 하루종일 몸을 핥아댄다. 목욕을 시키지 않아도 좋은 냄새가 난다. 뭐랄까 아가 냄새랄까, 온기에서 전해지는 기분 탓인지, 달달하고 포근한 향이 난다.

◇

사랑스럽고 사랑스럽다. 귀엽고 예쁘다. 따뜻하고 따스하다. 그 어떤 말을 몇 번을 반복해도 부족하다. 보이지 않으면 보고 싶고, 보고 있어도 보고 싶다. 자꾸만 웃음이 난다. 사랑에 빠지는 것은 이렇게 기분 좋은 마음이다.

◇

나는 요즘 너를 위해 무엇을 해줄까 고민하고 네가 혹시라도 아플까 걱정을 해. 밥을 먹어도 네가 생각나고, 길을 걸어도 네 표정이 떠올라. 버스에 타면 네 사진을 봐. 집에 가기 전에 네가 좋아하는 간식을 사가야지, 집에 돌아가면 너를 안고 이런저런 이야기를 해야지, 그렇게 너를 생각하면 행복해져. 나는 요즘, 조금 더 많이 행복해졌어.

◇

화장실에 들어가면 내가 사라졌다고 생각하는지 냐아냐아 하고 울어댄다. 안에서 이를 닦고 목욕을 하면서도 "여백아 누나 여기에 있어. 괜찮아 금방 나갈게, 조금만 참아" 하면서 서둘러 볼일을 본다.

문을 여니 여백이가 그 자그마한 몸을 슬리퍼 속에 쏙 넣고 나를 기다리고 있다. 넌 어쩜, 사랑스러운 짓만 골라서 하는구나.

◇

아침의 여백이는 애교가 넘친다. 뽀뽀를 하고, 두 손으로 콕콕 찔러대며, 일어나라고 어서 일어나라고 나를 깨운다. 새벽에야 간신히 잠이 들었던 나는 눈도 제대로 안 떠져서 짜증이 나다가도, 내 눈앞의 너를 보면 사르르 녹는다. 오늘도 너 때문에 웃으면서 아침을 시작한다.

◇

내 눈에 콩깍지가 씐 걸지도 모르지만 여백이가 나날이 더 예뻐진다. 처음에 데려올 때는 분명 형제 중에 가장 못생겼었다. 눈도 작았고, 눈곱이 덕지덕지 붙어 있었고, 털 무늬도 희미했다. 그러다 눈은 점점 또렷하게 커져갔고 표정도 예뻐졌으며 털도 보드라워졌다. 사랑을 받으면 진짜로 예뻐질까? 예뻐진다.

◇

트위터에 여백이 사진을 올리곤 했는데 사람들의 반응이 엄청나다. 몇백, 몇천 개씩 리트윗이 되고 엄청난 속도로 팔로워가 늘었다. 아무리 열심히 작업을 하고 그림을 그려도 귀여운 고양이 하나를 이겨낼 수가 없다. 아기 고양이 여백이는 힘이 세구나.

◇

사람들 말로는 아기 고양이는 워낙 정신이 없고 산만해서 흔들리지 않는 사진을 찍기가 어렵다고 하던데 왜인지 여백이는 카메라를 또렷이 바라보고 포즈를 잡을 줄 안다. 표정도 살아 있다.

◇

어느 날은 둘이 장난치고 놀다가 여백이가 실수로 내 손을 긁어 상처가 났다. 후다닥 커튼 뒤로 도망간 여백이를 찾고 보니 정말 시무룩한 표정으로 고개를 숙이고 있는 것이 아닌가. 풀이 죽은 표정이 너무나 귀여워서 사진을 찍고 예쁜 내 새끼, 누나는 괜찮아요, 했다. 나는 이미 여백이에게 마음을 빼앗겼으니까. 여백이가 반짝반짝 빛나는 눈으로 나를 바라볼 때면 정말 심장이 쿵 하고 터질 것만 같다. 세상에서 사랑만큼 강력한 힘을 찾자면 음, 역시 귀여움인가.

◇

사료만 먹어야 건강하다지만, 내가 뭔가를 먹을 때 관심을 보이는 여백이의 귀여움에 홀랑 또 넘어가서 내 먹던 것을 조금씩 주기도 한다. 여백이가 좋아하는 것은 치즈케이크. 적당히 달달하고 보드라운, 고소한 치즈케이크를 달라고 가릉가릉 우는 모습에는 피할 도리가 없다. 그래도 조금만, 아주 조금만 맛만 봐야 해.

◇

속상한 일이 있는 날에는 여백이를 옆에 두고 하루종일 뒹굴거리며 논다. 쓰다듬는 내 손길에 여백이는 연신 가르릉가르릉 소리를 내면서 온몸을 다해 행복하다는 표현을 한다. 그러면 나도 속상한 일이 잠시 잊힌다. 너로 인해 행복하다고만 느낀다.

◇

장난을 치면서 배를 만지며 뒤집어버리면 여백이는 반항한답시고 발톱을 드러내고 네발을 허우적거린다. 아이고 무서워라. 잡아먹힐지도 모르겠네.

◇

어쨌든 어떤 방법으로든 나를 깨우고는 유유히 뒤돌아가 잠이 드는 여백이. 굳이 왜 나를 깨운 걸까. 나는 잘 테니 너는 일해라 뭐 그런 건가.

◇

정체를 알 수 없는, 설명 불가의 포즈로 자고 있을 때가 있다. 왜 그러고 자는 걸까. 저 자세가 편한 걸까. 따라할 수도 없겠다, 여백이의 저 깊고 유연한 잠.

◇

커튼 뒤에서 고개만 빼꼼 내밀고 나를 바라보는 여백이가 눈으로 말한다. 엄마야 누나야 나랑 놀아주세요.

◇

아침 일찍부터 너를 놓아두고 외출해야 하는 날. 늦은 와중에도 너에게서 눈을 못 떼다가 아슬아슬한 시간이 되어서야 집을 나선다. 그래서 사랑을 하고 그래서들 가족을 만드는가. 여백이에게서 매일 배운다. 가르침 없이 가르칠 줄 아는 여백이.

◇

품에 안겨 한참 서로의 눈을 바라보는 것. 교감이라는 증거. 너와 내가 서로에게 온전히 의지하고 있다는 것. 사랑한다는 말. 언어가 아닌 마음으로 타전하는 말.

◇

오늘도 너를 두고 나가지 말라고 아주 시위를 하는구나. 이 귀여움을 어쩔 것이냐.

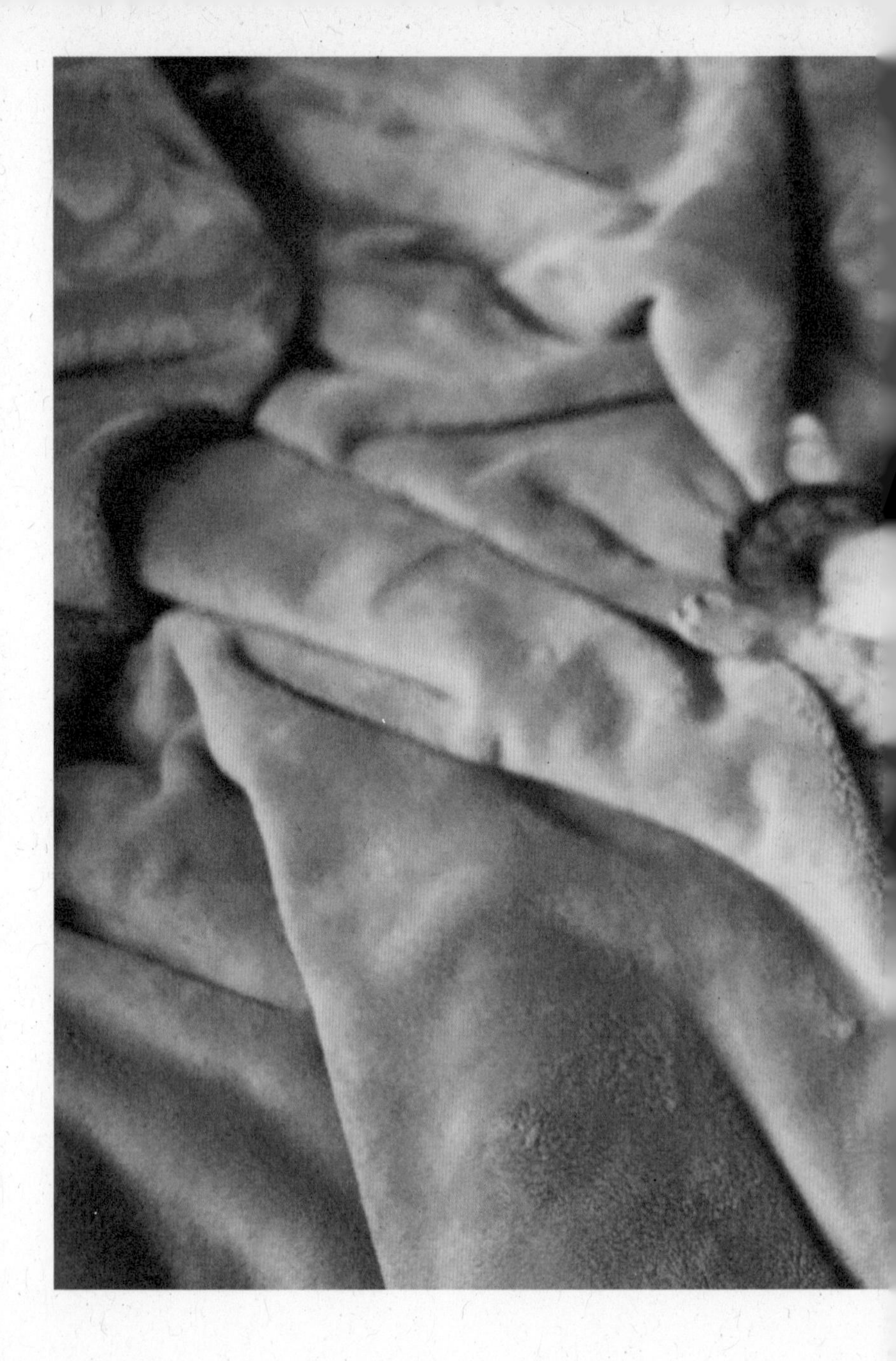

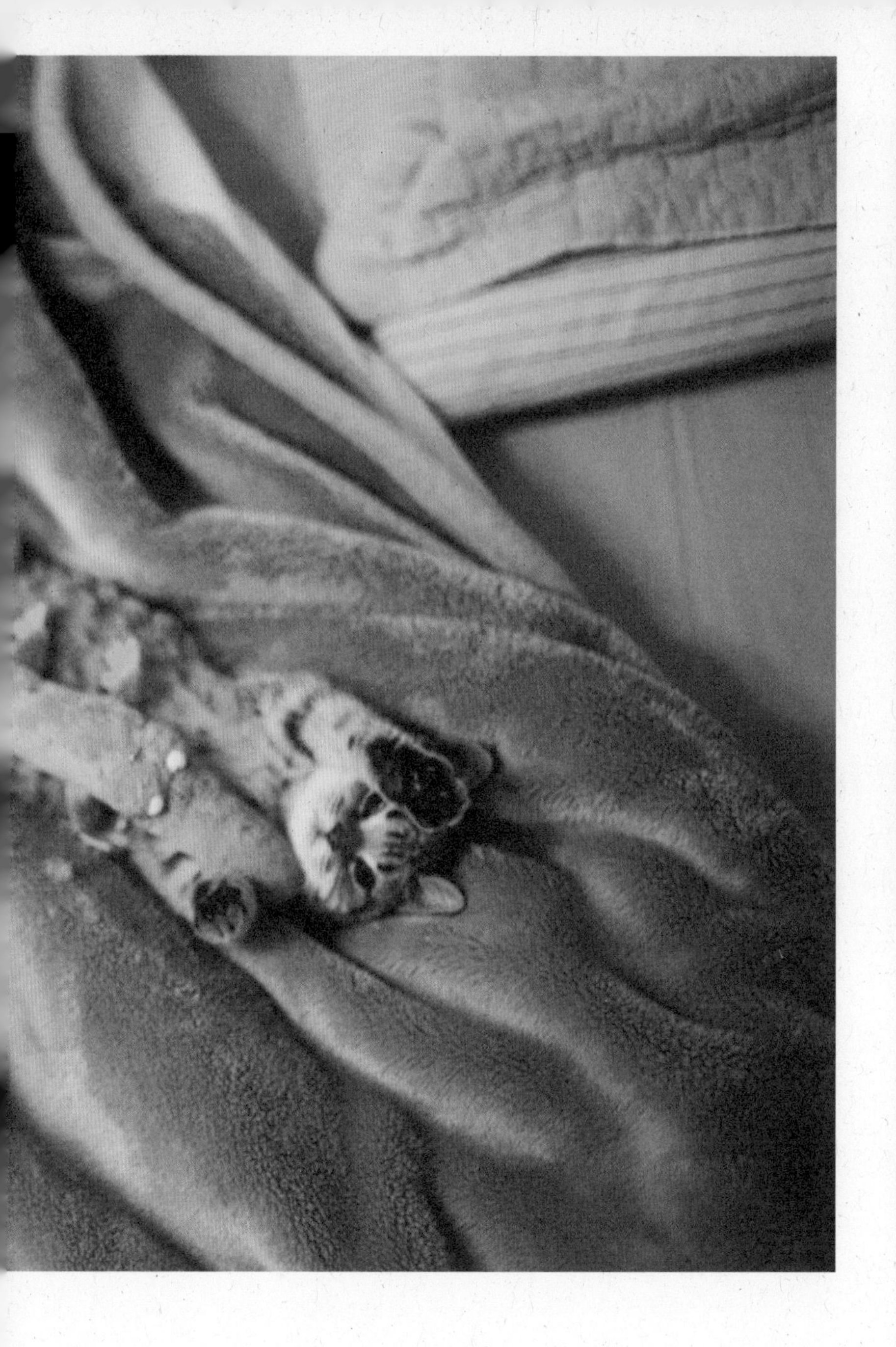

◇

여백이를 데려오기 전부터 예정되어 있던 여행 날이 다가왔다. 친구와 숙소, 볼 것들, 일정 등을 정하는 동안에도 여백이는 배를 보이고 그르릉거리며 늘 그렇듯 내 옆에 있었다. 떠나기 전날, 그날따라 여백이는 가까이 꼭 붙어 잠을 잤다. 이전에도 여행을 많이 다녔지만, 이런 마음은 처음이었다. 가기 싫다는 생각마저 들었다.

여백이를 친구에게 부탁했다. 아직 어리니 물에 젖지 않도록 해주고 장난감으로 놀아주고 이틀에 한 번 정도 고기를 삶아서 먹여달라는 자질구레한 부탁을 하고 공항으로 떠났다. 공항으로 가는 한 시간 동안 여백이 사진을 뒤적거렸다. 평소 일이 있어 외출할 때와는 너무 다른 기분이었다. 나흘 동안 여백이를 못 보는구나, 아니 여백이를 못 만지는구나, 아니 여백이가 없구나.

교토 여행은 즐거웠다. 친구와 벚꽃이 가득한 길을 걷고, 맛있는 음식도 먹었다. 솔직히 여백이 생각이 안 날 때도 많았다. 그러다가도 길에 고양이가 보이면 퍼뜩 여백이 생각이 났다. 첫날 묵었던 숙소에는 세 마리의 고양이가 있었다. 그중 하나가 여백이와 꼭 닮았다. 여백이가 크면 이렇게 될 것 같다! 라는 생각이 들 정도로 행동도 표정도 묘하게 닮았다. 마치 여백이가 미래에서 '저 이렇게 예쁘게 잘 컸어요' 하고 나에게로 온 것이 아닐까 하는 상상도 해보았다. 여백이가 시간여행을 해서 여행중인 나에게 왔다. 처음에 여백이가 나에게 왔듯이.

교토에는 고양이가 많았다. 길에서 햇빛을 받으며 유유자적 시간을 보내는 고양이들이 참 좋아 보였다. 여백이는 야외에서 햇빛을 받은 적이 없는데 집에 돌아가면 여백이와 산책을 나가볼까. 좋아할까 싫어할까. 보통 고양이들은 밖에 나가는 것을 두려워한다고 해서 걱정은 되지만, 내 생각에 고양이도 동물인지라 자연 속에서 나무와 새를 보고, 흙을 밟고, 햇볕을 쬐는 것이 당연히 좋지 않을까 싶었다. 여백이는 어떤 마음일까. 여백이는 지금도 나를 기다리고 있을까.

밤마다 잠들기 전에 여백이 사진을 봤다. 동영상을 수십 번 반복해서 보아도 질리지가 않았다. 동영상을 조금 더 많이 찍어둘걸 하는 생각에 아쉬웠다. 얼굴보다는 여백이의 소리, 걸음, 체온, 부드러운 털과 꼬물거리는 행동 하나하나가 얼마나 그립던지.

여행을 끝내고 서둘러 집에 돌아갔다. 마지막 날 여백이는 집에서 종일 혼자였다. 그래서였는지, 그간 너무 불안했던 건지, 열쇠로 문을 여는 잠깐 동안에도 삐엑삐엑 울었다. 문을 열고 들어가니 여백이가 문 바로 앞에 나와 있었다. 눈을 맞추고, 안아올렸다. 미안해, 미안해, 여백아 미안해, 라고 말했다. 제일 먼저 드는 감정이 반가움이 아닌 미안함이었다. 괜히 눈물이 날 것만 같았다.

살짝 절망스럽기도 했다. 나는 이제 맘 편히 여행을 다니지 못하는 사람이 되었구나. 내 인생에 큰 부분을 차지하는 여행이, 이젠 마냥 행복하진 않겠구나. 오래 떠나 있지 못하겠구나. 여백이가 세상을 떠나는 그날까지, 아니 여백이가 세상을 떠난 뒤에도.

하지만 잠깐의 여행이냐, 늘 함께하는 여백이와의 시간이냐 한다면 당연히 답할 것도 없었다. 나는 여행에서 많은 것을 배웠지만, 늘 외로웠다. 일상은 지루하고 불안하지만, 여백이가 있어 큰 위로가 된다. 늘 곁에 있어주고, 나를 기다려주고, 반겨주는 존재가 있는 것이 얼마 만인가. 혼자 사는 집은 늘 차가웠고 조용했다. 여백이가 있어 나는 집에 돌아가고 싶어졌고, 여행의 순간을 더 철저하게 즐길 줄 알게 됐다. 여백이를 외롭게 하는 미안함을 대가로 나는 여행을 하는 것이니까. 그만큼 더 좋은 추억과 좋은 이야기를 가지고 돌아가고 싶었다. 여백이에게 너를 꼭 닮은 형을 만났었어, 라고 이야기해줘야지 생각하면서.

◇

고양이를 키우게 되면서 청소를 더욱 열심히 한다. 혼자일 때는 내 눈에 보이지 않는 먼지 정도는 소홀히 했는데, 이제는 그럴 수가 없다. 여백이 털은 매일 수백 수천 개씩 빠지는지 몇 시간만 지나도 소파에 수북이 붙어버렸고 옷에도 책 위에도 검고 진한 털이 송송 묻어난다.

여백이는 바닥을 돌아다니며 몸을 핥았고, 사료를 바닥에 한 알씩 굴려 먹었다. 혹여나 털을 핥다가 사료를 먹다가 먼지나 이물질을 삼키지는 않을까 걱정이 되기도 했고, 사람 머리카락과는 달리 고양이 털은 자주자주 치우지 않으면 엄청난 털 뭉치가 되어버렸다.

바닥에서 뭉쳐 굴러다니는 여백이 털을 따라 침대 머리맡에서 옷장 아래로, 소파 아래로, 점점 더 구석으로 간다. 고양이 화장실 근처에는 자잘한 모래가 흩어져 있다. 빗자루로 한번 쓸고, 바닥에 물을 뿌려 걸레로 닦아낸다.

여백이는 자기와 비슷한 색이 달린 빗자루에게 매번 결투를 신청하고 길쭉한 밀대 걸레를 피해 우다다 도망치곤 한다. 청소기는 이미 여백이의 털에 내장을 점령당해 사망한 지 오래다.

해야 하는 일이 있는데 자꾸만 게을러질 때는 뭉그적거리면서 청소를 시작한다. 여백이는 빗자루를, 내 발을 따라다니면서 다시 털을 잔뜩 뿌려놓지만 그 흔적을 따라 쓸고 닦고 하다보면 게으른 몸이 조금씩 민첩해진다.

청소를 끝낸 뒤 매끄럽고 쾌적한 방이 되면 삶이 조금 더 윤택해진 기분이 든다. 여백이도 기분이 좋은지 여기저기 뛰어다니며 다시 털을 뿌려댄다.

내일 나는 또 청소를 할 것이다.

◇

대학 친구 유미는 까리라는 고양이와 살고 있다. 집이 가까운 터라 나는 자주 그 집으로 놀러갔다. 여백이를 만나기 전에도 까리는 보면 너무너무 귀엽고 예뻤다. 치즈 태비의 갈색 흰색 털에 분홍 코와 분홍 발바닥, 무엇보다 똘망똘망한 눈이 너무나 예뻤다. 나는 고양이를 키울 생각이 없었기에 가끔 놀러가 까리를 보는 것만으로도 좋았다.

그런 내가 여백이를 데려옴으로써 고양이라는 화제로 친구와 더욱 가까워졌다. 일전에 까리가 아파서 울던 유미의 마음이 이제야 이해가 됐다. 고양이가 어떤 위안을 주는지 함께 이야기를 나눌 수 있게 되었다. 고양이에 대해 아는 것이 별로 없던 나에게는 사료나 장난감 등등의 정보도 물어볼 수 있어 든든한 친구이기도 했다.

여백이를 데리고 까리네 놀러가게 되었다. 까리의 영역에 아기 고양이가 들어가게 된 것이다. 까리는 안 그래도 동그란 눈을 더 크고 더 동그랗게 뜨더니 여백이에게서 눈을 떼지 못했다. 반면 여백이는 약간 둔한 건지 시크한 건지, 집을 조심스럽게 관찰하기에 바빠 까리에게는 관심을 보이지 않았다. 그러다가 까리와 여백이가 서로 빙글빙글 돌며 관찰하기 시작했다. 여백이는 그 작은 몸을 한껏 부풀려 까리에게 맞섰고, 까리는 당당하지만 소심하게 여백이를 지켜보았다. 까리가 여백이에게 호기심 섞인 하악질을 할 때도 여백이는 조금 놀랄 뿐 금세 초연해졌다. 사실 나는 그 모습이 약간 애틋했다. 처음 태어났을 때, 조금은 사납고 활기찬 다른 형제들에게 밀려 구석에서 소심하게 눈치를 보곤 했던 녀석. 아주 어릴 때부터 그런 일을 경험했기 때문이 아닐까. 당당하고 씩씩하게 자라야 할 텐데, 하는 걱정도 되었다.

다행히 여백이와 까리는 서로에게 발라당 배를 보이며 애교를 부렸고, 아주 짧은 두 번의 '코 뽀뽀'도 했다. 우리 고양이 바보들은 누아르 로맨틱 배경음악과 대사 효과음을 깔아주고 몇 시간을 깔깔거리며 행복해했다. 그렇게 까리와 여백이는 형제 같은, 가장 친한 친구가 되었다.

◇

여백이를 처음 데려올 때 눈곱도 많고 기운이 없어 어디 아픈 곳이 있는 건 아닐까 걱정을 많이 했었다. 일주일 정도 있다가 병원에 검진 받으러 가볼까 했는데 금세 집에 잘 적응하고 잘 놀고 잘 먹고 잘 지내기에 일단 그대로 두었다. 한시름 놓았을 무렵 아기 고양이의 필수 예방접종을 위해 고양이 다섯 마리와 함께 사는 언니가 집에 방문해주었다. 언니에게 고양이 발톱 깎는 법을 배웠고 사료와 모래를 추천 받았다. 언니 말로는 지금은 너무 말라서 예방접종을 하기에는 좀더 기다리는 게 좋겠다고 했다.

여백이의 생일은 1월, 석 달이 한참 지나서야 약간 통통해진 느낌이 들어 병원에 가보기로 했다. 망원동에 있는 동물병원을 추천 받았다. 여백이는 맨 처음 이동장에 들어갔을 때 삐엑거리며 울었다. 무섭고 낯설었을 터인데, 그새 조금 컸다고 그러는지 제법 얌전하게 굴었다. 걸어서 15분 정도의 거리라 빠른 걸음으로 병원에 갔다. 일부러 저녁 시간에 들렀다. 병원에 다녀와서 여백이가 밤에 푹 잤으면 하는 마음에.

병원엔 나뿐이었는데 곧이어 바로 고양이 두 마리를 안고 남자분이 왔다. 다른 아이들을 보니 여백이가 정말 애기구나 하는 생각이 들었다. 나의 이름과 여백이의 이름, 태어난 날 등을 차트에 기록하고, 귀와 눈 상태를 확인하고, 체온을 쟀다. 의사 선생님께 걱정스러운 부분을 하나하나 여쭤보았는데 건강하다며 친절히 알려주셨다. 무엇보다 아이가 잘 먹고 잘 싸고 잘 놀면 괜찮다고. 예방접종을 하는데도 소리 한번 내지 않고 여백이는 차분하게 잘 해냈다. 대견하고 고마웠다. 아프지 말고 건강하기만 하다면, 오래오래 건강하게만 자라준다면 좋겠는데.

병원을 나오면서 엄마와 전화 통화를 하며 여백이가 건강하대, 아픈 데도 없고 주사도 안 울고 잘 맞았어, 하는데 기분이 묘했다. 우리 아기 병원에서 안 울고 잘 치료했어요, 자랑하는 기분. 고양이만으로도 이런데 나중에 정말 아기를 낳고 한 아이와 일생을 함께한다면 그건 어떤 심정일까. 두렵기도, 무섭기도 했지만 벅차오르는 가슴에 봄을 알리는 듯한 밤바람이 어디선가 불어왔다.

◇

어느 날 새벽이었다. 밤새 작업을 하다가 잠시 산책을 나갔는데, 골목에서 어느 여자를 마주쳤다. 잠옷 바람에다가 맨발에 슬리퍼 차림이었다. 몸 여기저기 흙이 묻어 있었다. 그리고 갈색 고양이를 안고 있었다. 뭔가 싶어 가만히 주시하면서 스쳐 가는데 여자가 이렇게 중얼거렸다.

"너 또 나가면 안 찾을 거야, 또 그렇게 나갈 거야? 응? 얼마나 찾았다고."

고양이가 집을 나갔던 모양이었다. 나도 모르게 불쑥 말을 걸었다.

"괜찮으세요?"

잠시 환기를 시키려 문을 여는데 순식간에 고양이가 밖으로 나갔다고 했다. 2층에서 급히 내려왔을 때는 이미 보이질 않아서 한참을 울며불며 찾다가, 다섯 시간 만에 아파트 구석 화단에 숨은 녀석을 찾아 집으로 가는 길이라고 했다.

"아휴, 걱정 많았겠어요. 찾아서 다행이에요. 이 녀석, 왜 집을 나가고 그래, 언니 걱정하게."

그분은 도와준 것 하나 없는 나에게 연신 고맙습니다, 감사합니다, 하며 집으로 향했다.

어제였다. 아는 분의 페이스북에 길에 누군가가 강아지를 버리고 갔는지 혼자 우는 녀석을 어찌해야 할지 모르겠다는 글이 올라왔다. 나는 그 글을 트위터를 통해 알렸고, 다행히(?) 적지 않은 나의 팔로워들이 여기저기서 돌려 읽었다. 그러던 중 어떤 사람이 네이트에 올라온 '강아지를 찾습니다'라는 글에 연결을 해주었고, 그렇게 오늘 아침, 주인에게 연락이 왔다.

주인의 이야기 왈, 이사를 하는 중에 강아지가 집을 나갔고, 밤새도록 울면서 찾고 있었다고 했다. 잘 데리고 있어줘서, 찾아줘서 너무 고맙다며 거듭 인사를 건넸다. 나는 그다지 한 일이 없었지만, 강아지를 데리고 하룻밤을 지낸 지인분의 노력에 마치 큰 복을 받은 기분이었다.

밤새 걱정하고 불안해하던 주인에게는 얼마나 다행스러운 일이었을까. 키우던 동물을 잃어버리는 마음이란 어떤 것일까. 물건을 잃어버리는 것에 가까울까. 아이를 잃어버리는 것에 가까울까.

나는 집에 들어갈 때와 나올 때, 대문을 열 때마다 늘 긴장한다. 여백이가 불쑥 나오지 않도록. 혹여나 여백이가 내 눈앞에서 사라진다면, 내가 보이지 않는 어떤 곳으로 가버린다면. 사고가 나거나, 무서움에

떨거나, 울고 있거나, 험한 일을 당하거나, 그런다면 나는 아마 견디지 못할 정도의 죄책감과 후회에 휩싸일 것이다.

그런 적이 있다. 내가 없어진 날, 엄마는 열 시간을 하염없이 울면서 나를 찾았다. 나는 그동안 친구들과 신나게 놀고 있었다. 엄마는 돌아온 나를 부둥켜안고 펑펑 울었고, 나는 엄마가 왜 우는지 몰랐다. 어렸다.

고양이도 강아지도 그런 마음이었을지 모른다. 주인이 얼마나 애타는 마음으로 그들을 찾았는지, 얼마나 끔찍한 하룻밤을 보냈는지 모를 수밖에 없는 마음. 물론 다행히 따뜻한 사람을 만나 포근한 이불 위에서 하룻밤을 놀다 온 강아지의 일탈이었을 수도 있다. 하지만 만약 사람들끼리 연락이 닿지 않았다면 서로를 영영 볼 수 없었을지도 모를 일이었다.

솔직히 나는 고양이를 안고 울던 그 여자분의 마음도, 길에서 강아지를 주운 지인의 마음도, 밤새도록 울며 나를 찾았던 엄마의 마음도 알 수 없다. 그저 예상이 될 뿐이다. 너무도 선명하게. 그리고 사실은 고양이도, 강아지도—사람으로는 알 수 없는 마음으로—불안해하고 두려워하며 주인을 애타게 찾았을지 모른다. 나 또한 사실 엄마가 나를 찾아주기를 기다렸던 것처럼.

어찌 됐든 서로의 품으로 돌아가게 되어 모두 다행이다.

◇

날이 제법 따뜻해졌다. 이제 담요를 넣어도 되지 않을까 싶어 겨우내 여백이가 뒹굴던 담요를 세탁했다. 섬유유연제 냄새가 좋다. 햇빛에 바짝 말려서 햇빛 냄새가 더해진 담요를 접어 소파에 두었다. 넣으려고 보니 여백이가 어느새 그 위에 자리를 잡고 기분 좋은 고로롱 소리를 냈다. 음. 조금 더 꺼내두어도 괜찮겠지.

◇

여백이를 데려왔던 작업실에 새로운 아기 고양이가 왔다. 사실 작업실 고양이들 중 하나가 병원에서 수술을 받다 갑작스럽게 죽었다. 고양이를 묻어준 다음날, 지인에게서 길에서 울던 아기 고양이를 데려왔는데 거두어줄 수 없겠냐는 연락을 받았다고 했다. 작업실의 오빠들은 "인연이 아닐까?"라며 아기 고양이를 데려오기로 결심했다.

키우던 고양이가 아파서 죽지 않았더라면 그 아기 고양이가 인연이 되었을까. 그냥 소식이 닿아서, 특별한 의미없이 가족이 되었을지, 아니 가족이 안 되었을지도 모르는 일이다. 하지만 '우연'히 그날 그 시간에 맞춘 듯이, 마치 죽은 고양이가 다시 아기 고양이가 되어 나타난 듯이 두 사건이 연결되었다. 그래서 작업실 오빠들은 아기 고양이를 '인연'이라는 이유로 키우게 되었다.

하루는 작업실의 오빠가 문득 그런 말을 했다.

"사실 세상의 모든 것은 우연인데, 그 우연에 질문을 던지게 되면, 그게 필연이 되는 거래."

오래전에 함성호 시인의 시집에서 읽었다는 짧은 글귀인데, 인상 깊어 기억하고 있다고 했다. 그리고 자신은 그 말을 믿는다고 했다. 나 역시도 그렇다. 사실 모든 일은 우연이다. 솔직히 운명이라는 것은 믿지 않지만, 어느 정도의 정해진 인연은 있다고 생각한다. 왜냐하면 그 편이 훨씬 행복하기 때문이다. 연인을 만나는 것도, 가족으로 태어난 것도, 오래된 친구와 길에서 마주치는 것도 우연한 사건일 뿐이다. 하지만 '이러저러한 이유로 필연적이게도 우리가 함께구나'라고 믿는 것이다. 새로운 연인과의 시작을 좀더 설레게 하고, 가족의 일부가 되는 고양이와의 만남에 좀더 애정을 담을 수 있는 핑곗거리. 그래서 우리는 재미없고 불분명한 삶의 조각조각을 꿰어 인연의 실을 엮고 있는지도 모른다. 매끄럽고 반짝이는 금줄이 아니더라도, 바닷가의 조개껍데기를 모아 실로 묶은 목걸이를 선물 받는다면, 한순간만큼은 그 목걸이가 보석인 것처럼 아주 아름답게 보일 거라고 상상한다.

나의 고양이 여백이도 사실은 그냥 졸리고 추운데 털이 있기에 내 모자 속으로 들어왔는지 모른다. 그러나 나는 그것을 신기하다고 호들갑을 떨며 나와 여백이의 인연을 예쁘게 묶었다. 그리고 이렇게 여백이와의 특별한 첫 만남을 자랑하곤 한다.

우연의 무게는 다 똑같을지 모른다. 하지만 그것에 '바람'을 담아 이유를 덧붙인다면 그것이 필연이 되고, 소중해지며, 강하고 찬란한 '인연'이 되는 것일지도 모르겠다.

◇

오랜만에 지하철을 탔다. 〈Home〉이라는 노래를 듣는데 마음이 먹먹해졌다. 엄마에게 엄마, 나도 집에 가고 싶어서 펑펑 운 적이 있었어, 라고 말했다. 엄마는 2년 동안 여행을 하며 마냥 즐거운 거 아니었냐고 했다. 그랬다면 돌아오지 않았겠지. 엄마가 보고 싶어서도 아니고 친구들이 그리워서도, 한식이 먹고 싶어서도 아니었다. 사실 돌아가고 싶었는데, 돌아갈 수가 없어서 더 그리웠다. 결국 돌아왔고, 집도 있고, 살림도 있고, 평생을 책임져야 할 반려동물도 들였다. 가구도 책도 사지 않고 동물도 기르지 않겠다 결심했던 나였는데 또 버리지 못할 것들이 생겼다. 결국은 내가 이런 사람인 걸까, 아니면 서울이라는 환경이 그렇게 만드는 것일까. 언젠가 또 떠나야 한다면 어떻게 해야 할까. 그러기에는 가진 것이, 짊어진 것이 너무 많아 떠날 수 없을까. 아니면 떠날 수 없을 만큼 소중한 것들을 더 많이 만들어야 할까.

◇

요즘 들어 내 작업에 좋은 소식이 많아졌지만, 지치지도 자만하지도 않게 된다. 이 작은 고양이의 작은 행동 하나하나가 큰힘이 된다. 이 사소하고 단순한, 아마도 단 한 번뿐일, 그래서 더욱 특별한 여백이와의 시간들을 제대로 남겨야겠다는 결심을 한다. 더욱 열심히 살게 된다. 이 작은 생명체와 함께여서.

◇

오늘 의식하고 보니 여백이가 몸도 커졌지만, 얼굴도 변하고 성격도 변한 듯하다. 색도 달라진 것 같다. 여백이의 숨겨진 귀여움의 포인트가 배의 점박이인데 그것도 점점 진해지고 눈도 커지고 얼굴도 갸름해지고 있다. 다른 사람들이 보기에는 여전히 작은 꼬꼬마지만, 내 눈에는 자란 것이 잘 보인다. 생명체의 성장을 눈에 보일 정도로 느낄수 있다는 걸 나는 또 배운 거다. 언젠가 아이를 낳으면 이런 기분과 비슷할까.

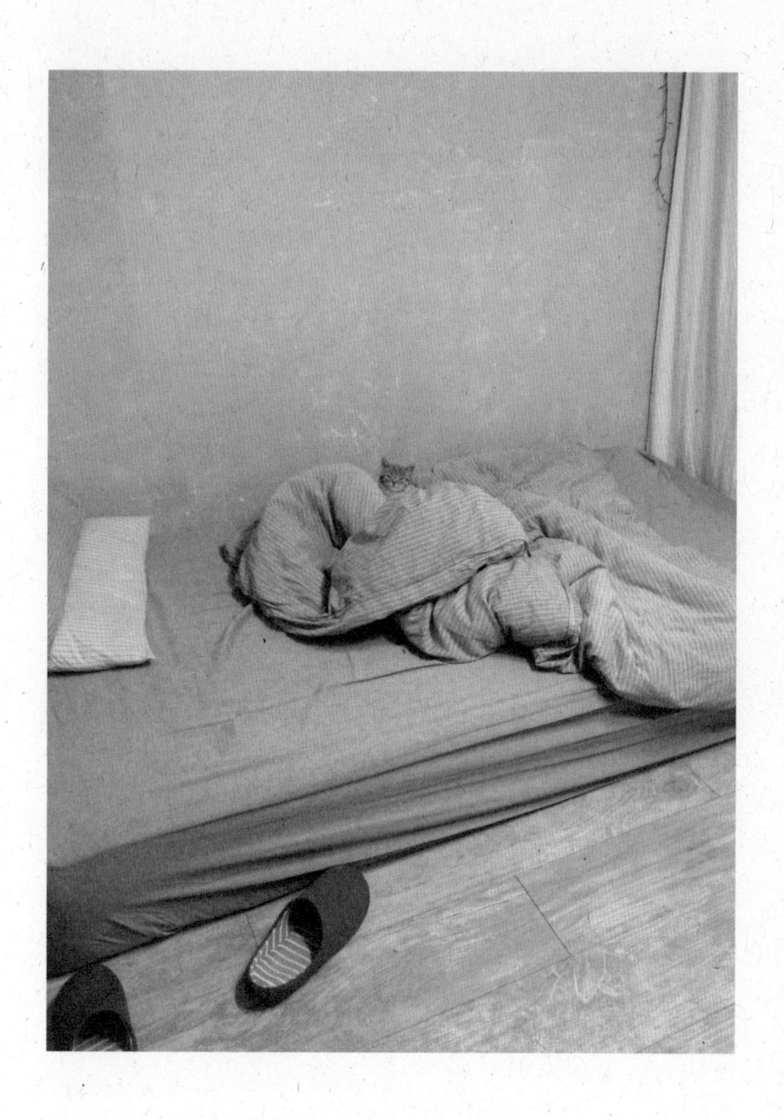

◇

종이가 팔랑이는 작은 천 뭉치를 흔들어서 바삭바삭 움직이면 여백이는 꼬리를 흔들면서 파닥파닥 뛰어다닌다.

◇

많이 컸다 해도 여백이는 아직도 작고 말라서, 가슴께에 누워 잠든 여백이를 쓰다듬으면 한 손에 몸이 잡히는 것이 귀엽기도 하지만 걱정되기도 한다. 이 작은 생명체가 나로 인해 숨을 쉬고 울고 웃고 살아간다는 책임감. 정말 내가 낳은 새끼 같은. 다른 곳에서 잘 자라고 있는 다른 형제들에 비해 확연히 작은 여백이. 왠지 여백이가 이대로 크지 않을 것만도 같지만, 살쪄도 커져도 좋으니 아프지만 말았으면 좋겠다.

◇

꾸준하게 운동을 해야겠다. 생활을 위해 작업을 하고 여백이랑 재미나게 살아가려면 아프지 않아야 하는 게 최우선이니까. 물론 돈도 많이 벌어야 한다. 돈이 좀 모인 통장을 보면 발걸음이 가벼운 게 휘파람이 절로 난다. 잔고가 바닥난 통장을 보면 진짜 많이 아픈 기분이다. 생활이라는 무서움.

◇

여백이 덕분에 청소와 설거지를 더 꼼꼼히 하게 됐고, 혹여 내가 먹는 음식을 탐낼까 걱정되어 군것질을 줄였다. 뜸하던 작업 의뢰도 요즘은 꾸준하다. 하루하루의 외로움이 덜하다. 건강을 생각하고, 더 나은 작업을 고민하게 된다. 반려동물을 들인다는 것은, 사실 동물을 위한 것보다 오히려 사람에게 더 나은 삶을 주는 원동력이자 힘이 되는 것 같다.

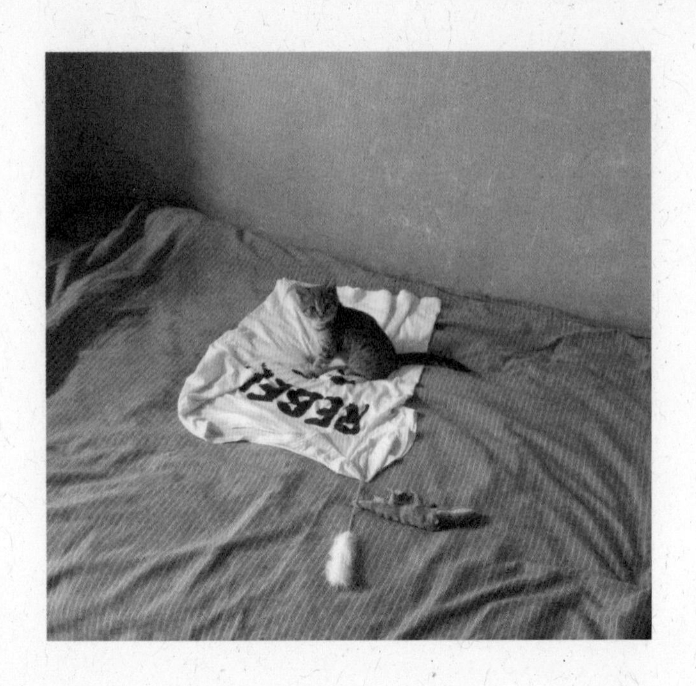

◇

놀랍게도, 사실 고양이와 강아지 알러지가 심했는데, 여백이와 지내고 일주일 후부터 말짱하게 나아버렸다.

◇

오늘은 아침부터 너를 놓아두고 외출. 늦은 와중에도 귀여워서 눈을 못 떼다가 시간이 아슬아슬. 벌써 보고 싶다.

◇

내 손을 깨물깨물 하는 여백이가 어려서 그러려니 하고 놔두었더니, 이젠 좀 커서 아프기도 하고 자꾸만 손을 사냥하려는 버릇이 드는 듯해서, 좀 엄하게 혼을 냈다. 혼을 내고 난 직후에 바로 후회와 미안함이 몰려온다. 의기소침해진 여백이를 뒤로하고 외출했는데, 영 마음이 불편하다. 집에 가는 길에 고양이가 싫어한다는 레몬향 핸드크림을 사가야겠다. 아기 고양이가 무슨 죄인가. 내가 맞출 수밖에 없다.

◇

어젯밤, 계속 내 손을 사냥하고 이를 드러내는 여백이를 혼도 내고 달래도 보고 대화도 해보다가 결국 따로 잤다. 여백이는 화가 났는지 무서운지 나에게 오지 않았다. 평소엔 늘 팔을 베고 잤었다. 미안한 마음에 안아다 침대로 두어도 다시 소파로 달려갔다.

괜히 서운하고 속상해서 에잇 하고 그냥 등을 돌려 잤다. 무슨 꿈을 꾸었던 것 같다. 다섯시에 잠이 들었는데 아침 일찍 눈을 떴다. 여백이가 그 모습 그대로 소파에서 자고 있었다. 이러다 여백이가 나를 싫어하면 어쩌지.

그러다가 다시 스르륵 잠이 들었다. 그런데 어느새 여백이가 배 위에 올라와 나를 빤히 내려다보고 있는 게 아닌가. 앞발로 얼굴을 톡톡 치더니 입술을 핥는다. 그러더니 이전처럼, 아니 그보다 더 가까이 목 안쪽 깊숙이 들어와 안겨 잠이 든다.

함께 숨쉬는 소리는 안정감을 준다. 여백이 없이 잠든 어제는 무척 쓸쓸했다. 다행히 여백이는 지금도 내 품에 안겨 배를 홀랑 뒤집고 잠이 들었다. 아쉬운 점은 여전히 손을 깨물고 장난을 멈추지 않는다는 것이지만.

◇

착각일지도 모르지만 가끔가다 여백이한테서 아기 냄새를 맡는다.

◇

첫 접종을 하고 나면 하루이틀 정도 힘이 없고 시무룩해 있을 거라 하셨는데 어째서 이 녀석은 오늘따라 유난히 더 힘이 넘치게 애교를 부리는 것인가.

◇

요즘은 알람을 맞춰놓지 않는다. 늦게 자든 일찍 자든 아침마다 여백이가 나를 깨우기 때문에. 뽀뽀하고 비비고 깨물고 만지고 간질이고.

◇

한쪽 품에 안고 누우면 쌔근거리는 숨소리와 배가 오르락내리락 하는 움직임에 나도 안심이 된다. 그러고 보니 불면증이 거의 없어졌다.

◇

날이 더워서 창문을 활짝 열어두었다. 여백이는 이제 많이 커서 폴짝폴짝 책장과 의자를 타고 올라가 바깥을 구경한다. 창가에 앉은 모습을 보고 있자니 나도 좋다. 침대에도 못 올라오고 삐엑거리던 아기 고양이가 이젠 저어기까지 올라가서 햇볕을 쬐고 바깥 구경을 하는구나.

◇

너는 늘 나를 바라봐주고.

서로의 온기를 나눌 수 있다는 것만으로도,
나에겐 얼마나 큰 위안이 되는지 너는 알까.

장소 ‖ 우리집

여백이 파파라치.

장소 ‖ 합정 아파트 000호

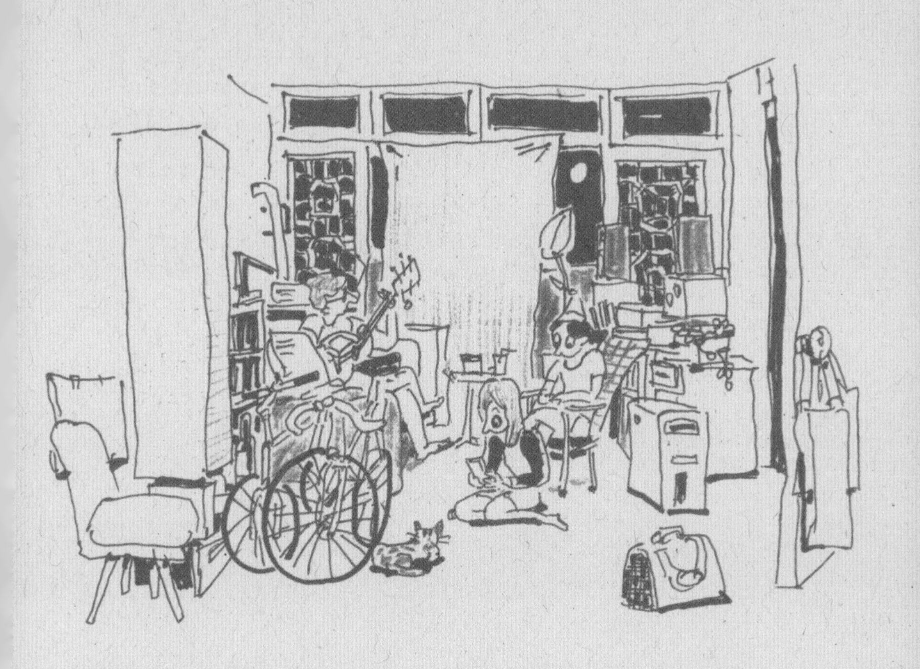

몸살이 나서 삼계탕 먹어야 할 것 같은데 현실은 계란밥.
집이 그리웠는데 이내 또 페루에 가고 싶은 이놈의 여행병.

장소 ‖ 〈꽃보다 청춘〉을 보면서 끼니 때우는 책상

괜찮아, 통통해도 사랑할 거야.

시간 ‖ 새벽 한시

이 똥강아지야!

장소 || 고양이 화장실

괜찮아, 해치지 않아.

장소 ‖ 동물사랑 동물병원

여백아, 그러고 보니 언니가 큰 그림 그리는 건 처음 보지?
사랑하는 사람들을 그리고 있어.

장소 ‖ 어지러운 내 방 바닥

여백아, 수박 좀 사와봐.
남는 돈으로 너 먹고 싶은 까까도 좀 사도 되고.

장소 ‖ 여기가 천국 뒹굴뒹굴 내 방 침대

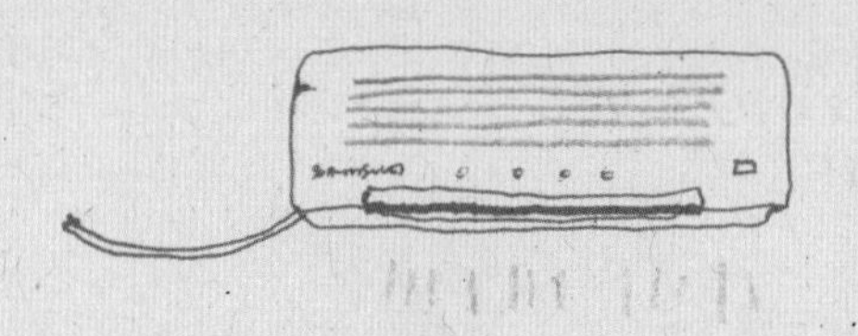

새벽까지 작업하다가 동네 산책을 나갔는데,
어떤 여자분이 울먹이고 있었다.
실수로 집을 나가서 간신히 찾았다며 헝클어진 머리에 슬리퍼 차림,
흰 잠옷에 흙먼지가 잔뜩 묻은 채로 고양이를 꼭 끌어안고 있었다.
그래도 찾아서 다행이에요.

장소 ‖ 집 앞 골목

여백아, 물을 하루에 두 번, 보리차 티백 말고
현미 말린 것을 조금 넣고 끓여
누나가 제주도에 살 때 겨울 내내 마셨거든.
차갑게 마셔도 좋지만 너는 배 아야 하니까 안 돼.

장소 ‖ 우리집 부엌

인생은 롤러코스터 같다는 이야기를 노래하겠어요.

장소 ‖ 우리집 소파 위

가족의 소중함을 느끼는 명절.

시간 ‖ 추석이로구나

다가와줘서 고마워.

장소 ‖ 홍대 공원 놀이터

손님 사료 한 그릇 대접하고 싶은데 이리 좀 나와보세요.

장소 ‖ 까리랑 여백이와 함께할 추석연휴의 내 방

형아 어디 가 삐약, 내가 구해줄게 삐약.

시간 ‖ 추석 연휴 끝

현실로 돌아왔으니, 일을 하자.

장소 ‖ 현실과 꿈 사이

이젠 가을이네. 날씨 선선하고 좋네. 그래도 감기는 조심하구.

장소 ‖ 길고양이들 만나는 동네 골목

털 뭉치들과의 결투!

장소 ‖ 돼지우리 아니 고양이 집

여백이가 아플 때마다 어찌할 바를 모르겠다.
고양이가 말을 할 수 있다면 '어디가 아파요',
단 한 마디만 해주어도 좋을 텐데.

시간 ‖ 어젯밤

자기 전, 10분이라도 책을 읽는다.
그러면 그 마음을 안고 잠들 수 있다.
설렘이나 즐거움, 애달픔, 다짐, 결심. 하루의 마무리에는
그런 것들이 어울린다.

시간 ‖ 열두시 십분 전

고양이 팔자는 좋니?

시간 ‖ 일하다가 문득 고개를 들어보니

털 뭉치 두 마리.

장소 ‖ 까리네

여백아, 비가 많이 와. 괜히 울고 싶다.

시간 ‖ 비 오는 밤

인테리어의 완성은 고양이!

장소 ‖ 수납 변태의 집

고양이와 사는 동네 주민 모임.

〈우리집 애가 말이에요〉

장소 ‖ 연남동 동진시장

애정 표현을 괴롭힘으로!

장소 ‖ 36.5℃ 여름카페 2호점

그루밍 걱정을 하는 듯 화장하는 나를 바라본다.

시간 ‖ 외출하기 전

글쓰고 그림 그리며 살고 싶다고 생각했는데,
정말로 그렇게 살고 있다.

장소 ‖ 시간이 빠르게 흘러간 서울

여기가 천국!

장소 ‖ 혜화동 금고양이 카페

'조금 더 행복하게 살고 있구나' 하고
글을 쓸 수 있었던 어느 날 아침.

장소 ‖ 카페 꼼마

기다리는 이가 있는 집으로 가는 길.

시간 ‖ 늦은 밤 이른 새벽

고양이에겐 손가락 인사.

장소 ‖ 살롱드봉

여백이의 관심은 온통 나뿐.

시간 ‖ 언제나

고양이가 있는 책방.

장소 ‖ 유어마인드

미안해, 다녀올게!

시간 ‖ 여행 가기 전

미안해, 보고 싶었지?

시간 ‖ 여행 다녀온 후

그림이 안 그려진다. 나도 들어가고 싶다.

〈상자 안 고양이〉

장소 ‖ 제너럴 닥터

너마저도 위로가 되지 않던……

시간 ∥ 잠이 오지 않는 밤

나그네 밥 먹고 가는 노란 지붕.

장소 ‖ 책방 피노키오

문득 돌아보니
찬란하게 빛나는 삶의 순간들.

시간 ‖ 지금, 현재

장소 ‖ 이곳, 여기

아무도 아프지 말았으면 좋겠다.

장소 ‖ 우리동생 동물병원

아픈 여백이를 데리고 병원에 다닌 2~3일 동안 쓴 병원비는 몇백만 원이었다. 가난한 내가 이토록 미울 때가 없었다. 돈이 문제가 아니라 여백이를 살려야 하기 때문이다. 하지만 돈이 문제다. 정기적으로 검사를 하고 매주 약을 받아와야 했다. 월세 정도의 금액이 매달 필요했다. 병원의 수의사 선생님들은 다들 좋은 분들이셨다. 하지만 병원에 다녀오면 늘 슬프다. 늘 여백이를 데리고 가던 병원에 가려던 어느 날, 발걸음을 약간 틀어 처음으로 다른 병원에 갔다. 다른 병원의 의견도 들어보고 싶었다. 하지만 처음 여백이 병의 진단을 받았을 때처럼 망설임이 섞인 똑같은 표정으로 수의사 선생님은 나를 마주했다. 검사결과는 동일했다. 지인의 소개로 찾아간 '우리동생 동물병원'은 성미산 근처, 집에서 매우 가까운 곳에 있었다. 처음에 여백이가 아팠을 때 얼핏 소문을 들었던 곳이었다. 사람 1300여 명, 동물 2400여 마리가 조합원으로 함께하고 있는 이곳은 '우리동물병원생명사회적협동조합'이었다. 반려동물과 함께하는 사람들뿐만 아니라 반려동물과 함께했던, 함께하려고 하는 사람들이 뜻을 모아 운영해나가고 있었다. 수의사 선생님은 다정하고 유쾌하셨다. 여백이의 상태를 신경써가며 진료와 검사를 해주셨고, 차분하고 정확하게 병에 대해 설명해주셨다. 조합을 운영하시는 선생님들 또한 그랬다. 주택을 개조한 듯한 정갈한 공간은 편안했고, 한쪽 벽에는 여러 동물들의 사진과 이름이 걸려 있었다. 사람과 함께 살아가고 있는 여러 생명들의 모습과 모두 누군가에겐 특별한 이름. 나에게 여백이 그렇듯, 모두가 아프지 말았으면 좋겠다. 건강했으면 좋겠다. 행복했으면 좋겠다. 우리 개도 우리 고양이도 함께하는 어떤 생명 모두 행복하게 잘살았으면 좋겠다. 그런 사람들의 마음이 벽 한쪽에 가득 걸려 있었다. 그런 사람들이 모여 시작되었다는 '은하계 최초'의 '협동조합 동물병원'에 여백이도 함께하기로 했다. 여백이를 걱정하는 내 마음과 같은 사람들이 있다는 당연한 사실이 뭐라고 큰 위안이 된다. 이곳에서는 여러 가지 소모임이나 반려동물에 관련된 교육 같은 것도 운영한다고 했다. 내 눈길을 끄는 것은 '무지개 건너게 될 반려동물과 나를 위한 기록 소모임'. 여백이가 죽는 일은 상상도 하고 싶지 않지만, 어쩔 수 없이 헤어짐을 받아들여야 하는 때가 온다면 어떻게 그것을 받아들이는지가 중요하다고 생각한다. 작년에 아지를 떠나보낸 것을 생각하면 아직도 괴롭다. 반려동물과 함께하는 시간들도 중요하지만, 동물과 인간의 삶의 길이는 크게 다르기에, 반려동물이 떠나고 난 이후에 남겨지는 사람의 마음 또한 돌보아야 한다. 우리 마을에는 수많은 집들이 있고 그 모든 집에 사람들이 살고 있다. 사람과 사람, 혹은 사람과 동물이다. 그 하나하나가 함께함으로써 가족이 되었고, 가족이 모여 마을이 되고, 도시가 되고, 세상이 되었다. 하지만 이곳에 생명이 있듯 모든 곳에서 생명이 살아가고 있다. 어떤 곳이든, 함께 살아가고 있음을 잊지 말아야 한다. 사람들이 그런 것들을 알아가고 잊지 않고 돌아보며 함께 살아갔으면 좋겠다.

◇

밤을 샌 어느 날 아침, 잠든 여백이의 호흡이 너무 빠르다는 것을 깨달았다. 그러고 보니 여백이가 이틀 동안 잠을 너무 많이 자고 이상할 정도로 힘이 없었다. 미세한 경련을 보였다. 갑자기 무서운 예감이 들었다. 서둘러 병원으로 향했다.

병원에서 이런저런 설명을 하고 진료를 받고, 엑스레이를 찍고, 피검사를 했다. 엑스레이에 찍힌 여백이의 심장은 아주 컸다. 저 작고 마른 몸에 심장이 저만큼이나. 폐에도 물이 차 있었다.

선생님의 차분한 설명이 오히려 얼마나 안 좋은 상태인지를 와 닿게 했고, 나는 정신을 똑바로 차리고 이야기를 들으려 했지만 결국 눈물을 뚝뚝 흘린 채로 엑스레이와 초음파 사진을 힐끗거려야 했다.

의사 선생님의 말 한마디 한마디를 제대로 들어야 했다. 사실은 듣고 싶지 않았다. 거짓말이라고 믿고 싶었다. 그러면 어떻게 해야 하나요라고 묻는 나에게 의사 선생님은 별다른 이야기를 해주지 않으셨다.

그 의미를 잘 알 수 있었다. 마음의 준비를 하고 곁에 두라는 것이었다. 일찍 눈치를 챈 편이라 급한 위기는 넘겼지만, 평생 약을 먹어야 한다고 했다. 하지만 오늘 잘 지내다 내일 죽을지, 한 달이 될지 1년이 될지는 아무도 모르는 상황이었다.

무서웠다. 여백이가 죽는 건가.

하늘이 무너지는 것만 같았다. 여백이와 함께 보낸 시간이 너무나 행복했던 것만큼 절망적이었다. 후회마저 밀려왔다. 여백이를 왜 데려왔을까 하는 생각에 이른 나에게도 화가 났다. 원래 조금 빠른 호흡도, 장난감을 가지고 놀다 금방 지치는 것도, 나는 그저 아직 어려서라고 생각했다. 아주 미세한 증상이었지만, 분명 아프다는 신호였을 것이다.

겨우 석 달 전엔 여백이가 없었다. 나는 혼자 잘살았고 집에서도 늘 혼자였다. 그러다 두 달 된 아기 고양이에게 이름을 지어주고, 고양이 용품을 사고, 맛있는 것을 주고, 놀고, 함께 잠을 잤다. 밥을 먹을 때도 세수를 할 때도 외출을 하고 와서도 여백이와 이야기를 나누었다. 맛있어? 씻고 올게, 다녀올게, 다녀왔어, 하고. 당연하게. 이제는 당연한 일이 되어버렸는데.

고양이라는 동물이 아닌, 그냥 여백이라는 하나의 존재. 그런 아이가 많이 아프다. 그리고 죽을지도 모른다. 내 삶에 여백이가 사라진다. 그렇게 되면 나는 이전처럼 살 수 있을까. 아니 여백이가 죽는, 그 순간을 견딜 수 있을까. 아지 생각이 났다. 계속 눈물이 났다. 마음이 쿵 하고 내려앉았다. 여백이가, 죽으면 어떻게 하지.

혼자일 때는 당연하던, 이 방안에 여백이가 없는 상황은 상상만 해도 두렵다. 사용하지 않는 고양이 화장실, 줄지 않는 사료와 물그릇, 들리지 않는 발소리, 욕실 앞에서 기다리는 모습, 몸을 마주하고 잠드는 따뜻함…… 그런 것들은, 사실 원래 없었던 것이다. 하지만 지금의 나에겐 없어서는 안 되는 행복인데.

진료를 받으면서 여백이는 많이 울었다. 나를 자주 깨물었다. 하악질하는 것을 처음 봤다. 많이 힘들었을 것이다. 병원을 다녀오고 나면 힘이 없다. 이뇨 주사를 맞고 나면 화장실을 너무 자주 간다. 조금 먹는다. 너무나 지친 얼굴을 하고 계속 잠을 잔다.

나는 잠이 오질 않는다.

◇

여백이는 심방 중격 결손증과 삼천판 역류증이라는 병을 앓고 있다. 정확한 병명은 각각 ASDatrial septal defect 그리고 TRtricuspid regurgitation. 심방 사이에 구멍이 있고, 또다른 한쪽 심장 벽이 정상적인 방향과 달리 역류하는 상태이다. 선천적인 문제였다. 이후에 생긴 병이라고 하기엔 여백이는 겨우 4개월 된 아기 고양이다. 고양이에게 많이 나타난다는 심비대증과 비슷하면서 다른 것이라 한국에서의 사례는 별로 없고, 그마나 치료 사례는 미국에서 단 두 건만이 있다고 한다.

특이 케이스라 예후도 기대 수명도 알 수 없다고 했다. 명확한 치료법도 연구도 없었다. 심장병은 마취를 했을 경우에 심장이 멈출 위험이 있어 수술도 할 수 없었다. 여백이의 작은 몸안의 심장은 폐가 짓눌릴 만큼 커져 있었다.

◇

늘 가쁘게 숨을 쉬었다. 놀다가도 금방 지쳤다. 고양이의 평균 호흡수는 1분에 20~40회가 정상인데, 여백이는 자는 중에도 50회가 넘었다. 보통의 심장 박동과 호흡수에 비해 1.5배에서 2배 가까이 빨랐다. 하나아 두우울 세에엣이 아닌 하낫둘셋넷다섯 이렇게 빨랐다. 매일 아침 점심 저녁마다, 여백이를 가만히 지켜볼 때마다, 여백이의 숨소리를 세었다. 1분 동안 하나, 둘, 셋……

◇

고양이를 키우는 사람들이 모인 카페를 뒤져보니 비슷한 경우가 둘셋쯤 있기에 무작정 쪽지를 보냈다. 한 분에게 답장이 왔다. 다행인지 불행인지, 몇 년 정도 잘 지내다가 무지개다리를 건넜다는 이야기를 들을 수 있었다.

몇 년이라도, 아니 1년이라도. 처음의 마음은 1년이라도 좋겠다는 것이었다. 그러나 시간이 지날수록 마음의 준비가 되지 않는다.

하지만 돌아보니 마음의 준비라는 것은 평생 있을 수 없는 것이었다.

내 욕심은, 하루하루가 더해져서 1년만이라도 함께 있고 싶었다. 1년이 무엇이냐, 10년을 함께 살아도 아쉬울 것이고 1년이 지나면 또 나는 1년만 더, 1년만 더 그렇게 욕심을 낼 것이다. 하지만 그럴 수밖에는 없다.

◇

여백이는 그동안 더 말라버렸다. 안 그래도 작은 여백이가 더 작아 보인다. 가끔 기운이 나면 잘 자고 잘 먹는다. 이게 뭐라고, 이전에는 당연하게 생각하던 일들이 큰 고마움으로 다가온다.

◇

좋은 식생활과 좋은 마음가짐이 건강을 가져온다라고 생각하는 나라서 아빠가 보내주신다 해도 한사코 거절하고 친구들이 먹어도 관심 없었던 내가 여백이를 위해 온갖 영양제와 건강 보조제들을 샀다. 심장에 좋다는 것은 무엇이든 먹이고 싶었다. 심장에 문제가 있는 경우라 마취를 할 수가 없어 중성화 수술도 할 수 없다. 병을 치료하는 수술은 불가능하다. 마취에서 깨어나지 못할 가능성이 더 크다. 5분도 채 되지 않아 숨을 헐떡인다. 힘들어 보인다. 그렇게 좋아하는 공 낚싯대와 카샤카샤는 숨겨야 했다. 놀아주지 않아서 심통이 난 것도 같다. 내 마음도 모르고.

◇

자고 있는 여백이 호흡이 너무 빠르다. 마음이 너무 불안하다. 괜찮겠지, 하지만 하루에도 수십 번씩 내 심장이 덜컹 내려앉는다.

매주 병원에 들러 약을 받고 검사를 했다. 초음파 검사를 위해 가슴의 털을 밀었는데 그 부분을 채울 만큼 눈물이 자꾸 났다.

◇

오래오래 같이 살고 싶다던 내가 할 수 있는 일은 하루만 또 하루만, 사랑하는 것뿐이다. 자식이 건강하기만 하다면 바랄 게 없다는 부모의 마음이 이런 심정일까. 내 부모도 내내 이런 마음으로 나를 키우셨을까.

◇

지난 시간 어느 계절이었나. 우리는 한참이나 말없이 앉아 서로의 눈을 바라봤다. 하고픈 이야기는 많았지만 말로는 표현할 수 없었다. 우리가 있는 장소와 다른 사람들, 낯선 계절과 짧은 시간, 그런 것들은 상관없었다. 더운 날도 추운 날도, 좁은 골목에서도 시끄러운 도시에서도, 우리는 서로의 손을 꼭 잡았다. 놓치지 않으려 했다. 낯선 타인으로 만나 우리가 이렇게 서로의 눈을 바라보기까지 어떤 일들이 있었는가. 오해와 걱정, 두려움을 뒤로하고 조금씩 다가섰다.

똑바로 눈을 바라보기까지는 시간이 필요했다. 당신의 눈에 내가 투명하게 비치는 것을 보고서야 나는 당신을 안고 잠들 수 있었지.

그렇지만 연애라는 것이 늘 그렇듯, 나는 다시 외로워졌다. 여전히 당신을 너무나 사랑했지만, 결국은 다시 상처받는 것이 두려웠는지도 모른다. 모든 것을 내보이지 못했고, 당신 또한 그랬다. 손을 맞잡고 걸을 때에도 몸을 맞대고 누워 있을 때도 외롭다고 느끼는 때가 있었다. 점점 우리의 거리는 멀어져갔다. 물리적인 거리와는 달랐다. 여전히 우리는 가까이 있었지만 점점 멀어져갔다. 그럴 때마다 나는 심장 가까이 손을 대고 다독였다. 쿵닥쿵닥. 내 심장이 뛰고 있다. 이렇게 마음이 아픈데 심장은 계속 뛰고 있다. 아직도 나는 당신을 사랑하고 있다. 그리고 내 옆에 잠든 사람의 가슴 위로 가만히 손을 올려본다. 나와 똑같이 심장이 뛰고 있다. 따뜻한 온기도 여전하다. 하지만 당신의 눈빛은 어땠나. 내 눈에 비치던 모습이 자꾸만 흐려진다. 당신 또한 여전히, 나를 사랑하기를 바랄 뿐이다.

곁에서 잠든 여백이를 보며 생각했다. 살짝 손을 뻗어 심장이 뛰는 것을 느껴본다. 따뜻하다. 너에게도 심장이 있다. 모두에게 사랑할 수 있는 마음이 있다. 시간이 지나, 지금은 소식도 알 수 없는 당신은, 모습도 눈빛도 흐려진 지 오래이지만 당신의 심장이 뛰던 그 감각은 선명하다. 지난 사랑을 추억하는 슬픈 밤에도, 여백이가 내 옆에 잠든 것만으로 위로 받는다. 그때의 우리는 서로를 사랑했었다. 사랑은 끝났지만, 지금 나는 따뜻한 심장을 가진 고양이를 다독이며 살아가고 있다. 여백이의 눈빛은 한결같아서, 늘 내가 투명하게 비친다. 그때의 내 눈동자도 저랬을까. 마음을 다해 온전히 사랑하기에 똑바로 바라볼 수 있는, 그런 눈으로 당신을 바라봤을까.

◇

그래, 우리는 참 슬픈 세상에 살고 있다. 어젯밤엔 〈양화대교〉라는 노래를 들으면서, 오늘은 이효리와 순심이의 이야기인 『가까이』라는 책을 읽으면서 눈물을 흘렸다.

요즘은 참으로 바쁘고 즐겁고 건강하다. 그러는 중에 차가운 바람이 불어온다. 재킷을 걸쳐도 몸이 움츠러든다. 여름이 끝나가는구나, 라는 생각이 드는 순간, 건널목을 건너 마주한 곳을 바라보는데 7년 전에 느꼈던 감정이 생생하게 느껴졌다. 무엇에도 행복을 느끼기 어려웠던 마음. 내가 세상에서 그다지 가치가 없다는 생각에 좌절하던 마음. 세상엔 불합리하고 불평등한 일들뿐이고, 사람들은 모두가 힘겹게 살아가는 것 같았다. 생명은 가볍게 버려졌고, 사랑은 천대받았으며, 누군가로 인해 누군가가 죽어갔다.

세상의 모든 일이 슬펐다. 음식을 먹는 것도 싫었고 옷을 입는 것도 싫었다. 무엇을 사는 것도 돈을 버는 일에도 죄책감이 들었다. 길에 있는 모든 것들이 쓰레기처럼 느껴졌다. 건물들은 차가웠고 사람들은 더 냉랭했다. 그 마음을 견뎌내기가 힘들어서 하염없이 길을 걸으며 울었었다. 가족이 아픈 것도 아니고 실연을 당한 것도 아니며 큰 문제가 생긴 것도 아닌데 나는 내 삶이, 내가 사는 이 세상이, 내가 사람이라는 것이, 큰 슬픔으로 다가왔다.

그래도 지금은 매 순간이 행복하다. 하지만 그때의 나를 떠올리면, 그때의 나는 그럴 수밖에 없었음을 또한 안다.

이 세상은 여전히 슬프다. 오늘도 수많은 생명이 죽어가고, 대다수의 사람들이 여전히 가난하며, 차가워진 몸을 바닥에 누이고 오지 않는 잠을 청하며 하루하루를 살아가는 이들이 있다.

하지만 그래도 행복하자, 행복하기로 마음먹는다. 나도 엄마도 친구도 우리집 고양이도 모두가 행복했으면 좋겠다. 모두가 행복할 수는 없겠지만 행복함을 꿈꾸는 일에 행복해하면 좋겠다.

슬픔에 못 견뎌 하던 그때의 나와는 달리 지금의 나는 많은 슬픔을 잊어버린 척하며 그럭저럭 살아가고 있다. 다시 돌아보면, 선명하게 떠오르는 마음. 다시 돌아가면, 그때의 내 각오와 결심들을 되돌릴 수 있을까.

◇

1.
땅 위에 서 있다.
두 개의 다리로 서 있다.
두 팔이 있고, 몸과 얼굴이 있다.
두 다리, 두 팔, 몸과 얼굴, 눈과 코와 입이 있다.
두 손으로 눈을, 코를, 입을 만져본다.

당신의 곁에는 사랑하는 사람이 있다.
어머니와 아버지, 형제자매, 친구, 혹은 연인이 있다.
누군가가 당신을 사랑하고 있다.
당신도 누군가를 사랑하고 있다.
상대의 손이, 당신의 손과, 얼굴을 만진다.

아주 깊게 숨을 쉰다.
두 발로 강하게 땅을 밟는다.
두 손으로 따스하게 상대를 안아본다.

살아 있다.
지금 살아 있다.

2.
땅 위에 서 있다.
두 개의 다리로 땅 위에 서 있다.
두 팔이 있고, 몸과 얼굴이 있다.
두 다리, 두 팔, 몸과 얼굴, 눈과 코와 입이 있다.
당신의 곁에는 아무도 없다.
사람의 숨소리도, 잡아주는 손도, 말을 걸어주는 목소리도 없다.
아무도 당신을 사랑하지 않는다.
당신도 누군가를 사랑하지 않는다.

그렇다면,

살아 있는 것일까.

정말로 살아 있다고 확신할 수 있을까.

◇

일명 '꾹꾹이'라는 것을 여백이는 조금 늦게 했다. 아마 태어난 지 반년이 훌쩍 넘고 난 뒤였나.

꾹꾹이는 엄마 품에서 젖을 빨던 기억이 남아 편안하고 안정된 기분일 때 두 앞발을 푹신한 곳에 꾹꾹 눌러대는 것이라고 하는데, 여백이가 꾹꾹이를 시작한 건 아픈 증상이 드러나기 시작할 때쯤의 일이었다.

여백이는 아팠을 것이다. 말도 못하고, 티를 내지도 않고, 혼자 아파하면서, 따뜻한 엄마의 품을 떠올리며, 행복해하기보다는 아픔을 덜기 위해, 막연한 엄마의 따뜻함이 그리워 속으로 울음을 참고 이불을 꾹꾹 눌러댄 것인지도 모른다.

혼자 살고 혼자 여행하고 혼자 잠들었던 동안 몸이든 마음이든 혼자 아플 때가 있었다. 엄마도 없고 병원에 갈 수 없을 때도 있었다. 힘겹게 몸을 누이고 손으로 배를 어루만지거나 얼굴에 손등을 대고는 눈을 감고 괜찮다, 괜찮다, 괜찮아질 거야, 하면서 아픔을 달랬다. 그럴 수밖에 없었다. 그것밖에는 할 수 있는 일이 없었다.

어릴 적에 엄마 손 약손 하면서 엄마가 배를 어루만져주었던 기억이 난다. 나이를 먹을수록 홀로 견뎌내야 할 것들이 더욱 많아졌다.

여백이는 어떤 마음으로 이불을 꾹, 꾹, 꾹, 눌렀을까.

◇

사람과 사람이 만나는 일은, 특히나 남자와 여자의 만남은 타인에서 시작되어 타인으로 끝이 난다. 몇십 년을 다른 시간과 다른 환경에서 다른 기억으로 살아온 두 타인이 만나 서로를 완벽히 이해한다는 것이 불가능함에도, 언제나 그 하나의 타인을 온전히 이해하고 싶고 나를 온전히 이해받고 싶어진다. 당연히 그런 일은 결코, 절대로, 영원히 일어날 수 없다. 그리하여 괴롭고 답답하고 불안한 그 마음으로 인해 힘겨워지곤 한다.

사랑을 시작할 때마다 힘이 든다. 상처받을 때마다 부서지고 낡아 초라해진 마음일수록, 더욱 무거워진다. 마음을 주는 것이 더욱더 힘이 든다.

내가 나의 마음을 모르니 너의 마음도 모르겠고, 그 누구의 마음도 헤아리지 못하겠다. 답답한 심정에 인터넷에서, 친구들로부터, 사회에서 떠도는 '남자의 사랑법' '여자의 사랑법' '사랑할 때 알아야 할 모든 것', 그런 것들을 새벽 내내 꼬박 정독해 읽으며 고개를 끄덕여보아도 나는 여전히 사랑을 모르겠다. 내가 알고 싶은 건 오직 단 한 사람인데, 사랑을 할수록 사랑을 모르겠다. 사랑을 할 때마다 나조차 나를 모르겠다.

곁에서 나를 빤히 쳐다보는 여백이의 눈을 볼 때면 이런 생각하니? 그런 기분이구나, 그렇지? 하고 묻는다. 가끔은 마음을 알 것 같기도 하지만 보통은, 아니 대부분은 여백이가 무슨 생각을 하고 있는지 모르겠다. 나는 고양이가 아니기에 고양이의 마음을 알 수 없는 것이 당연하다. 이럴 것이다 저럴 것이다 추측하고 넘겨짚을 뿐.

지난 세월 동안 고양이를 지켜본 사람들로부터 구문처럼 전설처럼 전해져 내려오는 몇 가지 가설들, 예컨대 고양이는 꼬리로 감정을 표현한다든가, 짜증이 나고 긴장하면 귀를 뒤로 젖히는 '마징가 귀'를 한다든가, 기분이 좋으면 고로롱고로롱 소리를 낸다든가, 배를 만지는 것을 싫어한다든가 하는 말들이 있지만, 가끔은 정말 여백이가 그런 마음일까 의문이 든다. 나는 고양이 한 마리의 마음조차도, 알 수 없는 것이다.

여백이와 함께하는 시간 동안 소중한 마음이 너무나 강렬해져서 고양이라는 생물을 분석하고 연구해서 고양이는 이렇구나, 응, 하고 결론지었다고 해서 여백이도 그렇다는 것은 결코 아닐 것이다.

나라는 사람부터가 '여자의 사랑법' '사랑할 때 알아야 할 모든 것' 에

들어맞기는커녕 한 사람의 사소한 행동이나 한마디의 말에도 하루에도 수십 번씩 마음이 흔들리는데, 궁금하고 보고 싶고 같이 있고 싶고 이유 없이 가슴이 아려오는 그 특별한 한 사람을 SNS에 요약해서 써놓은 누군가의 일반론으로 이해할 수 있단 말인가. 그런 것이라면, 나는 처음부터 사랑이라 느끼지도 않았을지도.

모든 남녀 간의 사랑은 두 사람만이 안다고 하듯, 그 누구와도 다르고 어떤 사례와도 부합되지 않는 단 하나의 사건이다. 결국 처음부터 끝까지 아무것도 모른 채로 새롭게 배우고 알아내고 질문하며 행복, 불안, 괴로움, 두려움을 짊어지고 사랑을 해야만, 그래야만 사랑을 할 수 있는 것이다.

나의 사랑은 나만이 알고 당신의 사랑은 당신만이 알 것이다. 아마 나는 여백이도 단 하나의 타인도 영영 온전하게 이해하지는 못할 것이다.

◇

아가일 때는 여백이가 마냥 귀엽기만 하였는데 지금은 여백이를 생각하면 가슴이 아려와 눈물이 난다. 사랑하고 있는 기분과 비슷하다.

지하철을 타고 한강을 넘어가다 서울의 낯설고도 익숙한 풍경을 바라보고 있노라면, 길을 건너려고 건널목에 서서 신호를 기다리는데 바람이 불어오면, 막차를 타고 집으로 가는 창밖 풍경에 문득 우울해지거나 아침에 일어나 창문을 열어보니 비가 부슬부슬 내리는 흐린 하늘을 본다든가 하면, 그런 순간에 이유 없이 쓸쓸해진다.

떠오르는 것들은 많고 많지만 문득 여백이가 나를 빤히 쳐다보는 눈동자가 떠오를 때가 있다. 여백이가 나를 사랑하고 있는지에 대한 확신은 없지만 때때로, 내가 그를 쳐다보던 눈빛과 닮아 있음을 안다.

어릴 때의 그저 투명하고 순수하던 눈빛과는 달리 지난 시간이, 소중함이, 간절함이 묻어 있어서 조금은 쓸쓸해지기도 하는 그런 눈빛이었다. 여백이도 나도.

> 사랑에는 어떤 의무도 없다. 오직 행복을 누리고 그것을 지킬 의무가 있을 뿐이다. 사랑이란 우리를 행복하게 만들기 위해서 존재하는 것이 아니다. 우리가 고뇌와 인내 속에서 얼마나 강해질 수 있는지 보여주기 위해서 존재하는 것이다.
>
> —생텍쥐페리, 『우리가 사랑할 수 있는 시간은 너무나 짧다』
> (하문사, 2000) 중에서

◇

빗소리 좋다, 그치.

◇

기분 좋은 하루다. 그치.

◇

무엇을 해야 무기력에서 벗어나나. 여백이 바라보느라 하루를 다 보내고 있다.

◇

여백이가 뱃살에 꾹꾹이를 한다. 음……

◇

어제 여백이가 엄청나게 많이 먹었다. 사료를 자율 급식할 때는 늘 남겼었다. 아픈 이후로 영양제와 약을 섞은 생식을 먹이느라 실온에서 상할까봐 시간 맞춰 조금씩 주다보니 때때로 늦어지기도 했다. 배가 고팠는지, 식탐도 생겼다.

늦잠을 자고 있으면 밥그릇 앞에 앉아 물끄러미 나를 바라보고 밥을 담아주면 쪼르르 달려와 얼른 달라고 조른다. 어제는 집에 좀 늦게 와서 급하게 작은 간식 캔을 주고, 내가 먹던 닭가슴살을 씻어 잘게 잘라 주었는데 허겁지겁 다 먹고는 물끄러미 나를 보며 더 달라고 뛰어들었다. 한 줌을 더 잘라 주었더니 그것도 싹싹 먹은 후에야 만족한 듯이 그루밍을 했다. 발라당 누워 애교를 부리기에 배를 만져보니 꽤 통통하다. 애기 때 이후로 여백이 배가 통통할 정도로 먹은 걸 본 게 얼마 만인지. 까다롭진 않지만 입도 짧고 양도 적어 배부르면 더는 안 먹는 녀석이 맛있게 잘 먹는 걸 보니 아, 건강해지고 있는 게 아닐까 싶어 기쁘다. 1.5킬로그램이었던 몸무게는 열흘 만에 1.7킬로그램이 되었다. 휴, 그저 건강해다오.

◇

가끔은 맨발로 길을 걸어본다.
잊고 있던 따끔한 감촉과 축축한 흙바닥
길은 원래 그런 것이었는데 난 당연한 것들에 겨워
그저, 그런 듯 살아간다.

아픔이나 슬픔이나
기쁨이나 웃음이나
그저 발바닥 한 뼘뿐인 것들.

옆집 옥상에 올라와 가끔 담배 한대씩 피우고 내려가시는 할아버지와 나는 얼굴 한번 마주친 적이 없었다. 그런데 누군가 바깥에서 "나비야~나비야~" 하는 소리에 여백이가 쪼르르 창가로 가기에 슬쩍 보니 할아버지가 손자를 데려와 계셨다. 아이에게 여백이를 보여주려 안아올리셨다. 처음으로 할아버지께 안녕하세요, 하고 인사를 했다. 할아버지가 여기서 나비야, 부르면 늘 쪼르르 창가로 와서 자길 보곤 한다고, 손자에게도 고양이를 보여주고 싶어서 데려왔단다. 아이는 고양이가 신기한 듯 좋아하고 나중엔 형도 데려와서 나비야, 하고 부른다. 내가 모르는 여백이의 시간이 있었다.

◇

얼마 전에 자전거를 타고 가다가 택시와 교통사고가 났다. 다행이라면 다행인 게 등에 메고 있던 기타가 완충작용을 해서 머리는 땅에 부딪치지 않았다. 기타는 두 동강이 났지만, 막상 교통사고를 당하니 뭐가 뭔지 모르겠더라. 발목이 아파서 한참을 일어서지 못하니 주위의 많은 사람들이 도와줘서 간신히 일어섰다. 응급실에 가서 엑스레이를 잔뜩 찍고 발목엔 깁스를 했다. 생전 처음 해보는 깁스였다. 다행히 뼈에는 이상이 없다고 했다. 검사비만 몇십만 원이 나왔고, 며칠 괜찮더니 교통사고 후유증이 이런 건가 싶게 다시 아파왔다. 이전까지, 나에게는 평생 이런 사고가 없을 줄 알았다. 큰일은 아니었지만, 아찔한 순간이었다. 그래서 '예상치도 못하게 어느 날 반신불수가 되거나 죽을 수도 있겠구나' 싶은 생각이 들었다. 그래서 당장을 즐기고 마음대로 살자가 아니라, 아프거나 상처를 입어도 다시 일어나 견뎌내며 잘 살아갈 수 있는 정신력과 건강을 가져야겠다는 생각이 들었다. 만약 나에게 무슨 일이 생긴다면 누구에게 여백이를 부탁해야 하나.

◇

포기했던 것들을 다시 한번 생각한다. 포기한 것이 아니고 잊어버리려고 했던 거였다. 이룰 수 없는 것이 아니라 포기할 수 있는 것이었기 때문이더라. 할 수 없는 것이 아니라 하지 않아도 괜찮아서더라. 결국 다시 떠오른다. 역시 포기할 수 없는 꿈 같은 것은 있다. 그리고 나만 한다면, 할 수 있는 것이었다. 내가 할 수 있는 것들이 아주 많다는 것을 잊고 살고 있다.

◇

스물아홉이 된 지도 어느 덧 반년이 지났다. 낯선 스물아홉은 어느새 익숙해졌지만 더더욱 낯선 서른이라는 나이보다 내 통장 잔고가 더 걱정이다. 열심히 하는 것밖에 방법이 없다는 것을 알지만 이 정도로 괜찮을까 하는 불안감이 든다.

다른 사람들은 얼마나 돈을 모았을까. 보험도 들고 적금도 붓고, 노후 대책 그런 것도 세워났을까. 나는 이래도 괜찮을까. 내가 하는 것이라곤 책을 읽고 그림을 그리고, 고양이랑 놀고 그림을 그리고, 글을 쓰고 그림을 그리는 일뿐이다.

보통 날엔 자전거를 타고 집 근처를 돌아다니거나 편의점에서 캔커피를 사서 새벽 시간 골목을 걷거나 세수만 하고 동네 밥집에 가서 6천원짜리 백반을 먹는다. 반바지에 모자를 눌러쓰고 머리를 하나로 묶고 때가 탄 흰색 운동화를 신고 백팩을 메고 선크림만 바른 얼굴로 동네를 돌아다닌다. 번듯한 정장은 한 벌도 없고 섹시한 구두도 하나 없다. 명품 핸드백도 보석 박힌 귀걸이도 없다.

어릴 때는 서른 살이 되면 성숙한 아가씨, 아니 아줌마가 되어 있을거라고 상상했다. 정장 차림으로 뉴욕에서 커피를 마시며 일을 하는, 그런 상상도 했었다. 상상을 되짚어볼 새도 없이 시간은 정신없이 흘러 나는 삼십 년만큼 나이를 먹었고 앞으로는 서른다섯, 마흔, 쉰이 되어 갈 것이다.

커리어 우먼을 상상했던 나의 서른과 지금이 다르듯이 서른다섯과 쉰을 상상해본들 그후의 시간 또한 별반 다르지 않겠구나 싶다. 하지만 상상만 해도 설레는 어떤 순간을 떠올리며 그렇게 되리라 생각하며 열심히 살아간다면 무엇이 되건 그때의 내가 어떤 모습이건 괜찮을 거라고 믿어본다.

◇

동네 빵집 근처에서 종종 보이는 고양이가 있다. 7개월 정도밖에 안 되는 작은 몸집에 임신한 듯한 그 고양이가 걱정이 되어 사료를 들고 찾아갔다. 계단 아래 고양이 집에 파리가 잔뜩 들끓고 있었다. 뒷모습만 보이는 그 고양이는 소리를 내어도 움직이지 않았다. 가게 주인분께 말씀드리고 나왔다. 마음이 안 좋다. 뱃속의 아가들까지 몇 마리가 죽었을까. 이럴 때면 생명이 너무 쉽게 사라지는 건 아닌가 슬프고 무섭다.

◇

네가 곁에 있다는 당연한 행복을 깨닫는 순간, 무섭도록 두려워진다.

◇

2호선 지하철에서 내리는데 전철이 떠나는 방향으로 선선한 바람이 불어온다. 가을이 왔구나. 이렇게 또 한 계절이 가고 한 해가 가는구나.

한 계절이 흐르고 이 세상에 없는 계절이 닥쳐올지라도 나는 이 계절을 살아가는 이상 또한 낯선 계절을 맞이해야만 한다. 앞으로의 시간에 좀더 무뎌진 감정으로 살아갈지라도 굳은살이 박힌 만큼, 지독한 외로움만큼은 잘 견뎌내고 싶다.

◇

여백이 이빨이 빠진 것을 발견했다. 고양이 이빨 득템. 지갑에 보물처럼 넣어두고 다닌다.

◇

정신없이 늘어져 자는 오늘의 나를 보는 듯하다. 게으르다는 말보다 좋은 말은 아주 많다. 이를테면 평화라는 말, 편안함이라는 말, 여유라는 말, 그리고 휴식이라는 말.

◇

골목에 들어서서 철문을 열고, 몇 개의 계단을 올라 문을 하나 더 열고, 낡고 좁은 계단을 조심조심 올라간다. 3층 옥상에 내 방이 있다. 계단을 오르고 신발을 벗는 중에도 여백이 우는 소리가 들린다. 열쇠로 문을 열고 들어가면, 늘 오른쪽 빨래 바구니 위에 여백이가 두 손을 모으고 올라앉아 있다. 나는 한 손으로 문을 닫고 한 손으로 여백이를 쓰다듬으며 인사한다. "여백아 다녀왔어." 집에 오면 나를 반겨주는 누군가가 있다는 기쁜 마음. 집에서 나를 기다리는 누군가가 있다는 미안한 마음. 집이 있어서, 쉴 곳이 있어서, 여백이가 있어서 다행인 마음.

그림을 그리고 글을 쓸 수 있어 다행이다. 외로워지고 공허해지는 순간마다 나를 어찌 놓아두어야 할지 모르는 때마다 책상 앞에 앉아 종이를 펴고 노트북에 한 글자씩 타자를 치며 하얀 것에 조금씩조금씩 무엇이든 채워나간다. 대단치도 위대하지도 않은 일상이지만 지금의 내가 무슨 생각을 하고 누구를 그리워하며 무엇을 후회하고 있는지를 기록하다보면 언젠가의 내가 지금의 나를 돌아보며, 다시 한번 어리고 어리석었구나, 그렇게 말할지도 모른다. 여전히 대단치 않은 일상을 보내는 것처럼 보이지만 사실은 하루에도 수십 번씩 흔들리고 있다.

◇

더 행복해지기보다는, 이대로 행복이 계속되었으면 좋겠다, 라고 글을 썼다. 글쓴 것처럼 열심히 충실하게 살려고 방을 쓸고 닦고 이불 커버도 바꾸고 먼지도 털고 청소를 했더니 왜일까, 더 행복해졌다. 깨끗한 방 보송보송한 침대에 누워 소이 캔들을 켜고 여백이랑 손발을 맞대고 잠을 청하는 행복.

◇

할 일이 많다. 그림 그려야 하는 빈 종이들. 읽어야 할 글과 써야 할 글들. 자질구레하게 해결할 것들. 만나야 할 사람들과 가야 할 곳. 준비해야 할 것. 정리해야 할 것. 해야 할 것, 해내야 할 것. 그런 것들. 며칠 만에 길게 잠을 잤다. 지쳤었다. 아마도 여백이가 나를 몇 번이나 깨웠을 것이다. 밥은 자기 전에 듬뿍 부어놓아서 밥 달라는 것은 아니었을 것이다. 그저 여느 때처럼 나는 깨어야 했으니까. 흐릿한 꿈을 꾸다가 잠에서 깼다. 여백이가 손과 얼굴을 맞대고 어깨 위에서 자고 있었다. 기분 좋은 소리로 고롱고롱거리면서. 며칠간의 일들이 멀게만 느껴진다.

◇

여백이는 늘 나를 바라보고 있다. '늘'과 '날'이 꽤 닮은 말이라는 걸 처음으로 알아버린 것 같다.

◇

가끔 여백이는 고양이가 아니라 개일지도 모른다고 생각한다.

◇

고양이 여백이!
괜찮아 여백아!
두 손을 모으고
두 눈을 동그랗게 뜨고.

◇

오늘 사라지는 어떤 것에 대한 인터뷰를 하다가 행복이란 무엇인가요? 라는 질문을 받았다. 나는 슬픔도 외로움도 행복이라 생각한다. 그런 시간도 지나고 나면 삶의 한 부분이었다. 슬픔을 알기에 기쁨도 알았고, 외로움을 알기에 소중함을 깨달았다. 그런 감정과 시간들이 모여서 지금의 삶이 되었다. 내 삶에 대하여 진심으로 기뻐하고, 슬퍼하고, 애달파하면서 살아가는 것, 살아갈 수 있는 것, 그것이 행복한 삶이 아닐까.

◇

지금 내 배 위에 놓인, 지금 내 눈에 보이는, 이 고양이의 말도 안 되는 예쁨과 귀여움을 세상에 널리 알리고 싶다. 여백이는 지금 만세!

◇

어느 해 겨울 머물었던 제주 '아게하'의 난로 위에는 늘 현미차가 보글보글 끓고 있었다. 제주에 머문 반년, 조천읍에 위치한 아프리카 게스트하우스는 촌장님이 직접 지은 목재 건물이었다. 이렇다 할 난방이 되는 곳이 아니어서, 한가운데에 난로를 두고 온기를 유지했다. 산에서 직접 나무를 잘라와 장작으로 불을 때다보니, 매우 건조했다. 그래서 난로 위에 물을 채운 주전자를 올렸다. 주전자 물이 끓으면, 촌장님은 현미 말린 것을 가득 넣어두셨다.

매서운 제주의 겨울바람을 헤치고 여행자들이 오면, 따뜻한 현미차 한 잔을 건넸다. 그 고소한 향과 온기가 좋았다. 바다를 보며 하루하루를 보냈다. 바다에서 불어오는 바람은 추웠지만 손에 든 현미차는 따뜻했다.

제주 생활을 정리하고 서울의 작은 옥탑방에서 산 지 벌써 2년이 다 되어간다. 서울의 겨울은 너무나 춥다. 목도리를 꽁꽁 두르고 종로를 걷다가 들른 광장시장에서 말린 현미 한 봉지를 오천 원에 샀다. 집에 와서 주전자에 현미차를 끓였다. 난로는 아니었지만 주전자의 물이 보글보글 끓으며 따뜻한 온기가 올라온다. 옥탑방 부엌이 훈훈해지고, 고소하고 따스했던 제주의 향이 난다. 발아래에서 여백이가 야옹 하고 운다. 고소한 향이 좋은 걸까 따뜻한 온기가 좋은 걸까. 제주에 함께 가지는 못하겠지만 내가 너무나 좋아하는, 그때 제주의 향과 온기를 너도 조금이나마 느낄 수 있다면 좋겠다.

◇

"산다는 것은 기억을 만들어가는 것. 지금 이 순간도 지나면 기억이 되고 기억하지 못하는 수많은 순간을 지나 여기까지, 살아가고 있다."

드라마 〈연애시대〉에서 나온 이야기를 곱씹으며 멍하니 하루를 보내고 있다. 생일날 유치원 교실이다. 나는 엄마가 입혀준 하얀 드레스를 입었고 한복을 입은 아이들이 드레스를 한번 만져보겠다고 해서 도망치며 뛰어다녔다. 아주 짧다. 어떤 이유에서인지 그 이후부터 열여섯 이전까지의 기억이 거의 없다. 정말 기억이 나지 않는 것인지, 기억하고 싶지 않은 것인지는 모르겠다.

기억나지 않는 열여섯 이전의 나는 마치 산 사람이 아닌 것만 같다. 사진이 있어도, 기록이 있어도, 증인이 있어도 내가 기억하지 못하는 나의 삶이라는 것이 대체 무엇인가.

열여덟에 죽은 아지도 어린 시절이 있었다. 아빠를 따라 집에 온 아지는 겨우 한 살이었다. 평생을 함께했다. 하지만 내 기억 속의 아지는 늘 조용하고 흐릿한 눈의 나이 먹은 강아지다. 그게 너무 미안하다. 건강하고 예뻤던 모습을 기억해주지 못한다는 게, 힘없이 늙어가는 모습의 아지만이 남았다는 게, 그게 너무 화가 난다.

여백이는 태어난 지 백일도 되지 않았을 때 내게 왔다. 그 이후부터 기억이 형성되었다면, 최초의 기억에 내가 있을 것이다. (고양이도 기억을 한다는 전제에서) 그리고 지금까지 여백이의 기억 속 거의 모든 곳에 내가 있을 것이다.

여백이가 어떤 순간을 기억하는지, 혹은 기억하고 싶지 않은지, 기억 못 하는지는 내가 알 수는 없는 일이라 혹은 고양이는 기억 따위를, 사람처럼 미련이나 추억 따위를 가지지 않는지도 모른다. 하지만 사람은 기억하고 싶다. 내가 기억하지 못한 아지와의 수많은 순간을 그리워하듯, 여백이와의 시간들을 기억에 담고 싶다. 기억하고 싶다.

기억한다는 것이야말로 살아가는 일이 아닐까.

◇

할 일도 많고 달력은 빼곡하지만 시간이 없다라고 느끼지는 않는다. 어떻게든 할 수 있다는 걸 알고 있다. 하지만 시간이 멈추었으면 좋겠다라고는 종종 생각한다. 그럴 수 없다는 걸 알고 있다.

이 시간이 멈추었으면 하는 때는 특별한 일 없는, 평화롭고 게으른 순간이었다. 순간은 영원이 아닌 찰나이기에 더욱 가치가 있는 듯하다.

◇

아직 쓰지 못한 글과 그리지 못한 그림.
아직 벌지 못한 돈과 읽지 못한 책.
아직 해내지 못한 성공, 아직 잊어버리지 못한 사랑.
아직도, 당신에게 하지 못한 말.

그따위가 떠올라서 더욱 잠 못 드는 시간.

몇 년 전 밤과 변한 것 하나 없이 여전히 그런 것들이
머릿속에 둥둥 떠다닌다.

뭘 먹고 살지.
뭘 하고 살지.
사랑할 수 있을까.
변하지 않을까.
내가 잘하고 있는 걸까.
내가 뭐하고 있는 걸까.

성공의 기준에 따른 초조함과
잘나가는 지인에 대한 질투와
게으른 자신에 대한 자책,
사랑하는 연인으로부터의 불안감,
사랑받는 나로부터의 경멸감,
가난한 삶에 대한 초라함이 진해진다.

잠이 든다는 것은, 그런 고통을
아주 잠시라도 잊어버릴 수 있는 시간이다.

◇

연애를 하지 않을 때, 더 열심히 살고 있다는 생각이 든다. 그래서 차라리 잘되었다며 혼자일 때의 내 모습이 더 좋다고 생각하기도 한다. 하지만 지난 내 사진을 보고는 깨달았다. 나는 너무나 환한 모습으로 웃고 있었다. 사랑을 할 때의 나는 열심히 살 필요가 없었다. 이미 그것만으로 충분했기 때문이다.

사랑이 떠나고 비어버린, 채워지지 않는 마음을 위해, 행복하기 위해 발버둥치고 있다. 다시 행복해지기 위해서는 다시 사랑할 수밖에 없다.

◇

오랜만에 기타를 쳤다. 오래전에 하릴없이 하루를 보내느라 움직였던 손가락이 여전히 그 멜로디를 기억하고 있다.

◇

여백이 없어져가는 책상 위의 여백이.

책상에 모과를 놓아두었더니 향기가 솔솔 나고 꽃들도 바삭바삭 예쁘게 말랐다.

종이와 책이 좋다. 보드라운 천과 낡은 물건들도.

◇

또다시, 겨울이 왔구나.

◇

어제는 첫눈이 왔다.
기대도 설렘도 예고도 없었다.
이제는 첫눈이 왔다고 새로운 사랑을 꿈꾸고
어느 유럽의 풍경을 상상하며 특별한 일기를 쓰진 않는다.

첫사랑은 한 번, 떠나는 용기도 한 번.
나는 앞으로 몇 번을 더,
첫눈이다 하고 되뇌일 수 있을까.

◇

당신을 아껴야 한다.
나를 사랑해야 한다.
바로 지금.

◇

몇 번의 상처가 아물어가면서 이제는 무뎌졌구나 생각이 들 때도 있지만 또 사랑에 애달파 하는 나를 보며 아직도 상처받을 곳이 남아 있구나, 싶은 마음에 좀처럼 변할 줄 모르는 나 자신을 꽤 애틋하게도 바라보게 되었다.

상처가 아물고 겹겹이 쌓이다보면 누군가 나를 사랑스럽게 어루만져 주는 날이 오지 않을까. 그런 기대로, 살아간다.

◇

여백이가 이불 속으로 품속으로 들어와 그릉거린다.
둘이 서로 껴안을 수 있는 이 순간,
행복하다.
따뜻하다.
서로라는 덕분이다.

그런 시간들이 있다. 나의 지난 삶이 잘못된 것은 아니었는지 돌아보게 되는 아픈 시기가 있다. 외로움에 처절해하고, 슬픔에 소리내어 울고, 두려움에 몸을 떨기도 했다. 방안에 누워 아무것도 없는 천장의 빈 곳을 바라보며 많은 생각을 했다. 괴로워서 아무 생각도 하고 싶지 않다라는 생각을 했다. 이제는 어떻게 살아야 하는 건지 모르겠어서 밥도 먹지 않고, 잠도 자지 않고, 연락도 받지 않은 채 며칠을 보냈다. 견디며 살다보면 언젠가는 알 수 있을 거라는 기대와는 달리, 오히려 나는 이제 더더욱 사랑을 모르겠다. 사랑이 다가오면 사랑하고, 사랑이 떠나가면 사랑을 놓았던 스무 살의 나는 사랑이 다가오면 도망가고, 사랑이 떠나가면 사랑을 놓지 못하는 서른 살이 되어버렸다. 지난날보다 살아갈 날이 더욱 길다는 사실이 희망이 되기보다 가끔은 절망으로 다가온다.

고양이는 지금만을 생각하고 과거와 미래를 모르기 때문에 늘 행복하다고 하는 글을 본 적이 있다. 나는 지나치게 과거를 그리워하고 미래를 걱정하며 살기에 행복하지 못한 것일까. 이토록 아픈 순간을 나는 또 얼마나 겪어야 하는 것일까.

외로움이 어둡도록 진해지는 순간마다 나를 돌아보게 된다. 단단해져야 한다. 강해져야 한다. 아프지 말아야 한다. 오히려 그런 마음들로 인해 상처받는 것이 두려워서 몸을 사리게 된다.

감정에 휘둘리고, 사람에 흔들리고, 사랑에 벅찬, 그런 나를 감당하기가 어렵다. 화가 났다. 세상이 이렇게 어렵고, 힘들고, 막막한데, 그래서 이해할 수 없는 것투성이인데, 나 좀 이해해달라고 하는 것이 그렇게나 큰 잘못이었냐고 묻고 싶었다.

나는 그저 사랑받고, 사랑하고 싶었을 뿐이다. 사랑하고 사랑받는 것이 가장 어려운 일이다. 이제는 사랑이 존재하는 것인지도 모르겠다. 이제는 사랑을 할 수 없을지도 모른다. 손을 마주하고 길을 걷고 몸을 맞대어 등을 토닥이고 눈을 마주하고 서로를 바라보는 그런 희귀한 행복의 순간을 지나 나는 여기에 멈춰 섰다.

혼자 멈추어 있던 내 옆에 여백이가 있었다. 여백이를 품에 꼬옥 안고 한참을 울었다. 여백이는 나의 슬픔을 모른다. 나를 이해할 수 없는 동물이다. 나를 안아줄 수 없는 작은 생명체다. 하지만 나는 여백이를 안고 한참을 엉엉 울었다. 진심으로, '사랑해'라는 말을 했다. 겪으면 겪을수록 알 수가 없다. 사랑이라는 것. 비우고 비워내어야 알 수 있는 것인지도 모른다.

사랑에는 여백이 필요하다. 내 안에 빈 곳이 없어 나는 또 사랑에 실패했는지도 모른다. 채워넣기에 바빠서 마음이 터질 것 같아 힘이 든다. 이제는 넣어둘 곳이 없어서 그 무엇도 들어오지 못하고 있다. 사는 게 어렵지 않다는 생각을 하고 살 수는 없을까. 사랑을 하고 싶다는 생각을 하지 않을 수는 없을까. 그런 헛된 마음만이 가득하다.

여백이가 내 곁을 떠나는 날이 오면, 나는 어떨까. 나는 살아갈 수 있을까. 여백이를 잊을 수 있을까. 그 사랑을 잊을 수 있을까. 사람과 사랑. 그 무엇도 나는 모른다. 지난 시간을 돌아보면 여백이에게 하고 싶은 말은 여러 개다. 아프지 말자, 괜찮아, 예쁘다, 고맙다, 미안하다.

지금 내 곁에 있는 여백이에게 하고 싶은 말은 단 하나뿐이다. 사랑한다고. 언젠가 여백이가 세상을 떠난다면 나는 모든 고양이에게서 너의 모습을 찾을 테고 뜯어진 소파 귀퉁이, 욕실 앞 선반 위, 의자 아래 사료 조각, 책상 아래 구석자리, 현관 앞 빨래통, 이불의 얼룩, 하얀 벽의 흠집, 낡은 커튼, 카페트의 먼지, 창문 틈의 바람, 오후의 햇살, 비 오는 소리, 뭉쳐진 구름, 별들의 길, 새벽의 공기…… 모든 순간과 모든 풍경에서 너를 떠올릴 것이다. 방 구석구석, 모든 곳에 여백이 남아서 마음 한 구석에 너를 묻어야 할 것이다.

단 하나뿐인 사랑이 아니라, 단 하나뿐인 존재가 있다. 그토록 사랑하고 사랑했던 이름 하나를 기억하는 한 사랑이 이곳에 존재하고 있다. 네가 내 곁에 있어도, 네가 세상에 없더라도.

2015년 가을,
사랑하는 여백이와 함께 봉현.

방금 나는 또 한번 웃었다

유희경(시인)

외로움에 대한 각성은, 그것은 뜻하지 않게 불현듯 찾아오는데, 인간에게 필연적이고 필수적이며 선천적인 정신 작용이다. 외롭다, 라고 의식하는 순간 갑작스레 홀로 되며, 모든 것이 아득하게 멀어진다. 이 앎은 지극히 고통스럽다. 순식간에 이 우주가 거대해지고 나라는 개인이 먼지처럼 작게 느껴지는 순간이 편히 찾아올 리 없으니까. 그래서 사람은 외로운 순간 연결을 통해 혼자인 상태, 즉 외로움을 극복하려 한다. 물론, 일시적인 도피 혹은 마취에 불과하다. 친구와 통화를 마치거나 헤어져 돌아오는 길에 확인할 수 있는 것은 '여전히 혼자인 상태'이다. 나는 외로움이 나쁘다고 생각하지 않는다. 외롭다는 감정을 느낀다는 것은 나라는 존재를 분명하게 인식하고 있다는 뜻이니까. 의심할 수 없이 실존하고 있는 나를 분명히 인식하게 되면 생에 여백이 생긴다는 것을 나는 믿는다. 그 여백을 '곁'이라고 정의하기로 하자. 나를 대체하거나, 나의 범위를 확장하려는 것(그러려는 무의미한 노력)이 아니라, 내 한 칸 옆에 다른 존재를 위한 자리를 마련하게 되는 마음은 외로움이 무엇인지 알아야 가능하다. 외로움은 없애야 할 적이 아니라, '곁'을 발견하기 위한 계단이라는 거다. 외로움을 극복하기 위해서 곁을 만드는 게 아니라, 외로움을 인정하기 때문에 곁을 두고 함께 위로하기. 별반 차이가 없어 보이겠지만 별과 별 사이만큼 큰 차이가 있다.

나는 봉현의 그림을 좋아한다. 따뜻한 선과 간결하고 단정한 면을 그녀는 부릴 줄 안다. 무엇보다 그녀의 그림에는 머뭇대며 다가오는 정서가 있다. 닿지 아니하고도 닿고, 모르는 척 알아준다. 봉현의 그림을 보고 나는 그녀가 머무르지 않는 사람이란 것을 알았다. 처음 만났을 때,

내가 생각했던 모습과 달랐던 그녀를 한눈에 알아볼 수 있었던 것은 그 때문이었다. 조금은 쓸쓸한 뉘앙스. 막 도착했거나 곧 떠날 사람들이 모여 있는 공항이나 터미널 같은 곳에서 느낄 수 있는 기척 같은 것이 실제 그녀에게도 있었다. 실제로 그렇다고 했다. 자주 떠났고 그만큼 돌아왔으나, 여전히 떠날 생각에 애착을 가질 것들은 가까이 두지 않는다고. 그녀와 헤어지면서 나는 어쩌면 다시 볼 수 없을지도 모른다고 생각했었다. 꾸벅 인사를 하고 단단히 돌아서는 모습에서 나는 '혼자'를 보았다. 혼자여서 자유로운 것이 아니라, 혼자가 필연이어서 떠나야 하는, 좀 먼 뒷모습이었다. 다시 우리가 만나게 되었을 때, 나는 바로 그 뒷모습을 떠올렸다. 봉현이 조금 달라졌다고 느꼈기 때문이었다. 까닭은 알 수 없었다. 긴밀히 지내거나 자주 연락을 주고받는 사이는 아니었으므로. 코를 훌쩍이는 그녀에게 무심히, 감기냐고 물었다. 그제야 그녀는 고양이 여백이 얘기를 꺼냈던 것 같다. 털 알레르기라고, 비염이 있는데, 여백이랑 사니까 좀 심해졌다고 그래서 약까지 먹고 있다고. 알고 있었다. 그녀가 얼마 전부터 아기 고양이와 동거하고 있다는 사실을. 그런데 그게 그녀에게 어떤 영향이 될 거라는 생각까지는 미처 하지 못했었다. 헤어지고 나서, 그녀의 SNS에 올라와 있는 여백의 사진을 꼼꼼히 보기 시작했다. 그제야 그 사진들에서, 봉현이, 그녀의 방 구석구석이 보이기 시작했다. 여백이가 오기 전까지 딱딱한, 고체 형태의 쓸쓸함으로 굳어 있었을 빈자리. 그녀는 거기서 기다리고, 기다리다가 혼자이고, 혼자여서 어디론가 떠났을 것이다. 돌아와서는 다시, 떠날 준비를 하며 보냈을 것이다. 그러자 사진 속 그 작고 귀엽던 여백이가 온기를 가진 존재로, 의미로 와 닿기 시작했다. 그 작은 생명체를 찍는 봉현의 마음도 읽을 수 있을 것 같았다. 어쩌면 그녀는 알게 되었을 거라고 생각한다. 혼자라는 것은, 외로움이라는 감정은 곁을 나누어주기 위한 준비 단계라는 것을. 봄날의 택시 안에서 나는 그렇게 생각했다. 그래서 좀 웃었던 것 같다. 보기 좋아서. 적당히 시샘이 나서. 그 웃음은 여백이 이야기를 하며 봉현이 흘렸던 웃음과 비슷하지 않았을까.

우리가 세번째로 만났을 때, 봉현은 내게 고양이 여백에 대한 책을 준비하고 있다고 말했다. 자신의 온전한 여백이 되어준 여백을 기록할 거라고, 그 기록이 기억이 되고, 말 못 할 정서가 되어 사람들에게 닿았으면 좋겠다고, 그게 여백에게 그 존재에게 자신이 할 수 있는 최대한의 감사 인사라고. 이렇게 상세히 말하지는 않았지만 나는 분명히 그렇게 들었다. 좋은 생각이라고, 한 권이 아니라 두 권 세 권이 되었으면 좋겠다고, 그만큼 오래오래 둘이 함께였으면 좋겠다고 그렇게 대답을 했었나. 기억이 나질 않는다. 하지만 그런 마음이었음은 분명하다.

그날 이후 지금까지 나는 봉현과 만나지 못했다. 여백이 얘기도, 전처럼 자주 접하지는 못하고 있다. 하지만 외로움을 알고 내어준 곁이 얼마나 단단한지 나는 잘 알고 있으므로, 그만큼 둘이 알콩달콩 잘살고 있으리라 생각한다. 지금 이 책이 그 사실을 잘 입증해주지 않는가. 봉현은 여백을 여백은 봉현을 아니, 봉현은 여백의 곁을 여백은 봉현의 곁을 단단히 지켜주고 있다. 결속이다. 다른 말로 사랑이다. 간지럽지 않은, 어색하지도 않은 사랑이다. 그게 이 책의 사진과 글에 그리고 그림에 고스란히 새겨져 있다. 그것이 꼭 내 것인 것만 같다. 아니 사실일지도 모르지. 원고를 읽으며 떨어질 수 없는 그 둘 사이에 가서 나란히 선 것 같았다. 그냥 선 게 아니라 환영을 받으며. 그렇네. 이 책은 그런 책이다. 그들이 방으로 나를 초대해, 봉현은 방석을 내어주고 여백은 악어 인형을 물어 오고, 하루 자고 가라고, 같이 얘기하며 놀자고. 방금 나는 또 웃었다. 적당히 시샘이 나서, 그리고 행복해서.

여백이

초판 1쇄 발행 2015년 12월 15일
초판 2쇄 발행 2016년 7월 29일

지은이 봉현
펴낸이 염현숙
편집인 김민정
편집 강윤정
디자인 한혜진
마케팅 정민호 박보람 이동엽 배규원
온라인마케팅 김희숙 김상만 이천희
제작 강신은 김동욱 임현식
제작처 영신사
펴낸곳 (주)문학동네
임프린트 난다
출판등록 1993년 10월 22일 제406-2003-000045호
주소 10881 경기도 파주시 회동길 210
전자우편 nanda@nate.com 트위터 @nandabook
문의전화 031-955-2656(편집) 031-955-8890(마케팅)
031-955-8855(팩스)
문학동네카페 http://cafe.naver.com/mhdn

ISBN 978-89-546-3856-2 03810

이 도서의 국립중앙도서관 출판시도서목록(CIP)은
e-CIP 홈페이지(http://www.nl.go.kr/cip.php)에서 이용하실 수 있습니다.
(CIP 제어번호 : CIP 2015031455)

www.munhak.com